暖心美读书

名师导读
彩插版

珍珠鸟

冯骥才 著

黄长飞—— 导读

长江出版传媒 | 长江文艺出版社

暖心美读书（名师导读彩插版）
高端选编委员会

相信精神，相信文学的力量

——《暖心美读书（名师导读彩插版）》总序

王泉根

阅读决定高度，精神升华成长。

阅读是生命的重要组成部分。人生的阅读史就是给生命打底的历史、精神发展的历史。在今天这个网络阅读、手机阅读、图画阅读已经成风的多媒体时代，图书阅读依然显得十分重要，静静地捧读书本的姿态，依然是一种最迷人、最值得赞美的姿态。

少年儿童的精神生命如同夏花般蓬勃开放生长。认知、想象、情感、道德、审美、智慧，是给少年儿童精神生命打底的重要内容，也是阅读的重要内容。从优美的、诗意的、感动我们心灵的文学经典名著中，感悟道德的力量、审美的力量、艺术的力量、语言的力量，保卫想象力，巩固记忆力，滋养我们精神生命的成长，这是文学阅读的应有之理，应获之果。

长江文艺出版社奉献给广大小读者、同时也适合大读者阅读的这一套文学精品书系，我更愿意把它作为"经典"来解读。

界定"经典"是难的，如同界定"美"是难的一样。我曾在一篇文章中，对"文学经典"做过如下表述："所谓文学经典，就是那些打败了时间的文字、声音、表情，那些影响我们塑造人生，增加底气，从而改变我们精神高度的东西。"显然，文学经典是可以装进我们远行的背囊，陪伴我们一生的。因为，人的一生，在任何年龄，任何时空，都需要增加底气，增加精神的高度，这样的人生才不会在时间的潮汐中虚度遗恨。

经典阅读既是高雅的阅读行为与文学享受，但同时也是一种人文素养的养成性教育。对于一个正在发育和成长中的少年儿童来说，单有学校的教材教育是远远不够的。成长中的少年儿童，正处于"多梦的年代"，也处于"多思的年代"，他们正在逐步形成独立思维和个体情感，对自己所处的环境和未来发展需要有客观的认识与准备，需要养成积极乐观的人生态度、抗拒挫折的意志和能力，当他们今后走上社会与职场，独立面对自己的现实，独立承受自己的未来时，才不会茫然失措、无从应对。而这些精神"维生素"与人生智慧，往往深藏在经典名著之中。因而经典可以使人终身受益，在人的一生中发挥潜移默化的精神灯火作用。

长江文艺出版社奉献给广大读者朋友的这一套《暖心美读书（名师导读彩插版）》，从文学史、精神史、阅读史的维度，萃取百年中外文学经典名著于一体，立足于少年儿童的阅读接受心理与精神追求，邀请名师进行导读，邀请画师配以精美插图，从选文内容、文学品质、文体类型、装帧设计、图文配制等各个环节，都做到了目前能做到的"最高"功夫，可以说这是一套为新世纪的读者特别是广大少儿读者"量身定做"的文学精粹。

耶鲁学派的代表人物布鲁姆说："没有经典，我们就会停止思考。"经典的永恒价值在于凝聚起现实与历史、人生与人心、上代与下代之间向上向善向美的力量！

有一种力量，让成长充满审美。有一种力量，让青春刚柔并济。有一种力量，让梦想不再遥远。有一种力量，让未来收获吉祥。幻想激活世界，文学托举梦想。相信阅读，相信精神，相信文学的力量。

2017 年 2 月 9 日于北京师范大学文学院

俗世"高"人

——冯骥才散文作品导读

黄长飞

作为年龄相差近半个世纪的冯骥才先生作品的读者,我无缘一晤本人,但细细品读这本散文之后,我想借用冯骥才先生的名作《俗世奇人》,改动一字,评价其人其文:俗世"高"人。

很多人都看过电影《神鞭》,那也是我最早接触的冯骥才先生的作品,但相信跟我一样,很多观众并不知道原著作者是冯骥才。小时候看《神鞭》,关注的重点在那一根发辫如何神奇——出神入化,大败敌手,黯然神伤的是这一根油光可鉴、神勇无比的"神鞭"被八国联军的炮火炸断,如一团乱麻,而后又欣喜于神鞭的主人傻二剪掉了发辫,成为了一名神枪手……那时看的是一个热闹;后来读中文系,学现当代文学,听老师讲"伤痕文学",读《铺花的歧路》,读《高女人和她的矮丈夫》,对冯骥才先生才有了初步的了解;及至读过这本散文,对冯先生其人其文的了解,更深了一层。

散文号称一切文体之源,"集诸美于一身",可以"兴观群怨",可以记叙人生,抒写性灵。作家追叙往事、思考人生、表达见解的文字往往是其本人真实思想的外化,如果读者想要深入了解作家,解读作品,阅读其散文作品无疑是一条捷径;而另一方面,阅读文坛久负盛名的作家的散文,本身也是一种欣赏活动,可以受到美的熏陶,可以启迪心智,陶冶情操。读了这本文集之后,对冯先生的印象逐渐清晰起来:冯先生真是一位"高人"!

一"高",高在身高和成就。冯先生是位身高一米九二的北方大汉。

他在《逛娘娘宫》中深情回忆了自己的童年，在文中深情地写道"据说她的奶很足，我今天能长成个一米九二的大汉，大概就是受了她奶汁育养之故"，表达了对乳母的感激、怀念和赞美。而这样一次童年逛娘娘宫的经历，之所以能在作者心中留下如此深刻、难以磨灭的印象，我想正在于他心中对乳母的依恋和深厚的感情。阅读这篇《逛娘娘宫》，恍然之间脑海里浮现出艾青的著名诗篇《大堰河——我的保姆》。当然，冯先生之高，更是高在成就。早在"伤痕文学"方兴未艾之时，冯骥才先生奉献出了"艺术成就相对较高的《铺花的歧路》《啊！》"等作品，一时间声名鹊起，成为中国新时期文学的重要作家。成名后更是笔耕不辍，贡献出很多精品，屡获各类文学大奖。现为中国文联副主席，中国民间文艺家协会主席，民进中央副主席，全国政协常委，国务院参事，以及开明画院院长，天津大学冯骥才文学艺术研究院院长、博士生导师。他还是文化学者，二十世纪末以来投身文化遗产抢救，更是难能可贵。我指导学生读书，强调要"知人论世"，读这样一位"高人"的作品，定能开卷有益。

二"高"，高在人生的"三级跳"和转型的成功。作为这样一位在文坛上有重要影响的作家，很多人恐怕都不会想到，冯骥才离开学校后初入社会，先是一名专业篮球运动员，进入了天津市男子篮球队。对很多人而言，作为运动员进入市队，已是出类拔萃；"后又从事绘画，开创中西兼容、清新精雅、意境隽永的画风，海内外有'现代文人画'之称。"最后又开始文学创作，卓有大成。一个人可以在这么多领域取得如此突出的成就，本身就值得学习和研究，读完这本书，相信你可以找到答案。广泛的兴趣，旺盛的好奇心（《我的"三级跳"》），对生命的热爱（《日历》），对生活细致的观察（《我心中的文学》《冬日絮语》），善于思考和反思（《我最初的人生思索》《捅马蜂窝》)，做事的认真专注和坚韧不拔（《书桌》《苦夏》《挑山工》），我想这些都是他能够完成人生"三级跳"并取得成功的重要因素。

三"高"，高在心灵的高度。作家的心灵高度，决定了其作品的艺术高度。通过冯骥才先生久负盛名的作品《高女人和她的矮丈夫》，我们看到了作者对有别于庸俗、功利的爱情观的真正爱情的歌颂和赞美：高女人身高175厘米，矮丈夫只有158厘米，妻子比丈夫高了17厘米，而他们却感情真挚，相濡以沫。因为习惯了为妻子打伞时高举手臂，矮丈夫在妻子死后下雨打伞时依然保持着这个姿势……这个手臂悬空举着雨伞的矮丈夫形象，曾经感动了无数读者；而今天，通过这本书，是作家本人感动了我们：常怀赤子之心（《逛娘娘宫》），感恩之心（《大地震给我留下什么？》），对友谊的珍视（《歪儿》），对提携自己之人的感铭（《记韦君宜》），对弱小的同情和悲悯，对传统文化和价值的守护，对公德的宣扬，对真善美的坚守，无一不令人动容。正如作者在《绘画是文学的梦》中所写："只有认真地读他们的书又读他们的画，你才能更整体和深刻地了解他们的心灵。我所说的了解，不是指他们的才能，而是他们的心灵。"《我与〈清明上河图〉的故事》，也让我们看到了作者身上"人性的美好与纯真"。

"艺术其实是安慰人生的。"（《秋天的音乐》）我要说，艺术也是指引人生的。冯骥才的散文，不是鲁迅式的铁骨铮铮，金刚怒目，也不是余秋雨式的潇洒飘逸、风行水上，读他的散文，如同在冬日的午后，晒着暖暖的阳光，听一位长者用质朴的语言，缓缓讲述自己的人生故事。语言虽然朴实无华，却充满了力量，那一声声轻声细语，入耳却化为鼓点敲击在不甘平庸者的心上："活着就是创造每一天。""我们今天为之努力的，都是为了明天的回忆。"

是的，为了明天的回忆。更是为了明天美好的回忆。俗世"高"人，久仰久仰！

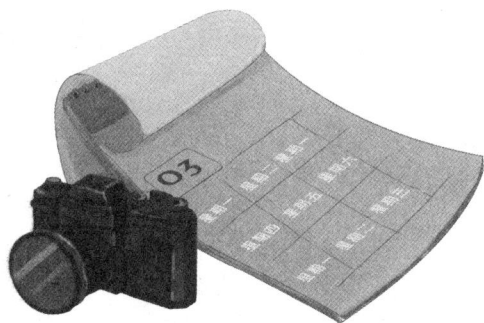

目 录
CONTENTS

第三辑　文化随笔

第一辑　岁月絮语

珍珠鸟

真好！朋友送我一对珍珠鸟。放在一个简易的竹条编成的笼子里，笼内还有一卷干草，那是小鸟舒适又温暖的巢。

有人说，这是一种怕人的鸟。

我把它挂在窗前。那儿还有一盆异常茂盛的法国吊兰。我便用吊兰长长的、串生着小绿叶的垂蔓蒙盖在鸟笼上，它们就像躲进深幽的丛林一样安全；从中传出的笛儿般又细又亮的叫声，也就格外轻松自在了。

阳光从窗外射入，透过这里，吊兰那些无数指甲状的小叶，一半成了黑影，一半被照透，如同碧玉；斑斑驳驳，生意葱茏。小鸟的影子就在这中间隐约闪动，看不完整，有时连笼子也看不出，却见它们可爱的鲜红小嘴儿从绿叶中伸出来。

我很少扒开叶蔓瞧它们，它们便渐渐敢伸出小脑袋瞅瞅我。我们就这样一点点熟悉了。

三个月后，那一团愈发繁茂的绿蔓里边，发出一种尖细又娇嫩的鸣叫。我猜到，是它们有了雏儿。我呢？决不掀开叶片往里看，连添食加水时也不睁大好奇的眼去惊动它们。过不多久，忽然有一个小脑袋从叶间探出来。更小哟，雏儿！正是这个小家伙！

它小，就能轻易地由疏格的笼子钻出身。瞧，多么像它的母亲：红嘴红脚，灰蓝色的毛，只是后背还没有生出珍珠似的圆圆的白点；它好肥，整个身子好像一个蓬松的球儿。

起先，这小家伙只在笼子四周活动，随后就在屋里飞来飞去。一会儿落在柜顶上，一会儿神气十足地站在书架上，啄着书背上那些大文豪的名字；一会儿把灯绳撞得来回摇动，跟着跳到画框上去了。只要大鸟在笼里生气地叫一声，它立即飞回笼里去。

我不管它。这样久了，打开窗子，它最多只在窗框上站一会儿，决不飞出去。

渐渐它胆子大了，就落在我书桌上。

它先是离我较远，见我不去伤害它，便一点点挨近，然后蹦到我的杯子上，俯下头来喝茶，再偏过脸瞧瞧我的反应。我只是微微一笑，依旧写东西，它就放开胆子跑到稿纸上，绕着我的笔尖蹦来蹦去，跳动的小红爪子在纸上发出嚓嚓响。

我不动声色地写，默默享受着这小家伙亲近的情意。这样，它完全放心了。索性用那涂了蜡似的、角质的小红嘴，"嗒嗒"啄着我颤动的笔尖。我用手抚一抚它细腻的绒毛，它也不怕，反而友好地啄两下我的手指。

有一次，它居然跳进我的空茶杯里，隔着透明光亮的玻璃瞅我。它不怕我突然把杯口捂住。是的，我不会。

白天，它这样淘气地陪伴我；天色入暮，它就在父母的再三呼唤声中，飞向笼子，扭动滚圆的身子，挤开那些绿叶钻进去。

有一天，我伏案写作时，它居然落到我的肩上。我手中的笔不觉停了，生怕惊跑它。待一会儿，扭头看，这小家伙竟趴在我的肩头睡着了，银灰色的眼睑盖住眸子，小红脚刚好给胸脯上长长的绒毛盖住。我轻轻抬一抬肩，它没醒，睡得好熟！还咂咂嘴，难道在做梦！

我笔尖一动，流泻下一时的感受：

信赖，往往创造出美好的境界。

花脸

做孩子的时候，盼过年的心情比大人来得迫切，吃穿玩乐花样都多，还可以把拜年来的亲友塞到手心里的一小红包压岁钱都积攒起来，做个小富翁。但对于孩子们来说，过年的魅力还有更深一层的缘故，这便是我要写在这几张纸上的。

每逢年至，小闺女们闹着戴绒花、穿红袄，嘴巴要涂上浓浓的胭脂团儿，男孩子们的兴趣都在鞭炮上。我则不然，最喜欢的是买个花脸戴。这是种纸浆轧制成的面具，用掺胶的彩粉画上戏里边那些有名有姓、威风十足的大花脸。后边拴根橡皮条，往头上一套，自己俨然就变成那员虎将了。这花脸是依脸型轧的，眼睛处挖两个孔，可以从里边往外看。但鼻子和嘴的地方不通气儿，一戴上，好闷，还有股臭胶和纸浆的味儿；说出话来，声音变得低粗，却有大将威武不凡的气概，神气得很。

一年年根儿，舅舅带我去娘娘宫前年货集市上买花脸。过年时人都分外有劲，我挤在人群里好费力，终于从挂在一条横竿上的花花绿绿几十种花脸中，惊喜地发现一个。这花脸好大，好特别！通面赤红，一双墨眉，眼角雄俊地吊起，头上边凸起一块绿包头，长巾贴脸垂下，脸下边是用马尾做的很长的胡须。这花脸与那些愣头愣脑、傻头傻脑、神头鬼脸的都不一样。虽然毫不凶恶，却有股子凛然不可侵犯的庄重之气，咄咄逼人。叫我看得直缩脖子，要是把它戴在脸上，管叫别人也吓得缩脖子。我竟不敢用手指它，只是朝它扬下巴，说："我要那个大红脸！"

卖花脸的小罗锅儿，举竿儿挑下这花脸给我，龇着黄牙笑嘻嘻地说："还是这小少爷有眼力，要做关老爷！关老爷还得拿把青龙偃月刀呢！我给您挑把顶精神的！"说着就从戳在地上的一捆刀枪里，抽出一柄最漂亮的大刀给我。大红漆杆，金黄刀面，刀面上嵌着几块闪闪发光的小镜片，中间画一条碧绿的小龙，还拴一朵红缨子。这刀！这花脸！没想到一下得到两件宝贝。我高兴得只是笑，话都说不出。舅舅付了钱，坐三轮车回家时，我就戴着花脸，倚着舅舅的大棉袍执刀而立，一路引来不少人瞧我，特别是那些与我一般大的男孩子投来艳羡的目光时，我快活至极。舅舅给我讲了许多关公的故事，过五关斩六将，温酒斩华雄。舅舅边讲边说："你好英雄呀！"好像在说我的光荣史。当他告诉我这把青龙偃月刀重八十斤，我简直觉得自己力大无穷。舅舅还教我用京剧自报家门的腔调说：

"我——姓关，名羽，字云长。"

到家，人人见人人夸，妈妈似乎比我更高兴。连总是厉害地板着脸的爸爸也含笑称我"小关公"。我推开人们，跑到穿衣镜前，横刀立马地一照，呀，哪里是小关公，我是大关公哪！

这样，整个大年三十我一直戴着花脸，谁说都不肯摘，睡觉时也戴着它，还是睡着后我妈妈轻轻摘下放在我枕边的，转天醒来头件事便是马上戴上，恢复我这"关老爷"的本来面貌。

大年初一，客人们陆陆续续来拜年，妈妈喊我去，好叫客人们见识见识我这"关老爷"。我手握大刀,摇晃着肩膀,威风地走进客厅,憋足嗓门叫道:"我——姓关,名羽,字云长。"

客人们哄堂大笑,都说:"好个关老爷,有你守家,保管大鬼小鬼进不来!"

我愈发神气,大刀呼呼抡两圈,摆个张牙舞爪的架势,逗得客人们笑个不停。只要客人来,妈妈就喊我出场表演。妈妈还给我换上只有三十夜拜祖宗时才能穿的那件青缎金花的小袍子。我成了全家过年的主角。连爸爸对我也另眼看待了。

我下楼一向不走楼梯。我家楼梯扶手是整根的光亮的圆木。下楼时便一条腿跨上去,"哧溜"一下滑到底。这时我就故意躲在楼上,等客人来时突然由天而降,叫他们惊奇,效果会更响亮!

初一下午,来客进入客厅,妈妈一喊我,我跨上楼梯扶手飞骑而下,呜呀呀大叫一声闯进客厅,大刀上下一抡,谁知用力过猛,脚底没根,身子栽出去,"叭"的巨响,大刀正砍在花架上一只插桃枝的大瓷瓶上,哗啦啦地粉碎,只见瓷片、桃枝和瓶里的水飞向满屋。一个瓷片从二姑脸旁飞过,险些擦上了;屋内如淋急雨,所有人穿的新衣裳都是水渍;再看爸爸,他像老虎一样直望着我,哎哟,一根开花的小桃枝迎面飞去,正插在他梳得油光光的头发里。后来才知道被我打碎的是一只祖传的乾隆官窑百蝶瓶,这简直是死罪!我坐在地上吓傻了,等候爸爸上来一顿狠狠地揪打。妈妈的神情好像比我更紧张,她一下抓不着办法救我,瞪大眼睛等待爸爸的爆发。

就在这生死关头,二姑忽然破颜而笑,拍着一双雪白的手说道:

"好啊,好啊,今年大吉大利,岁(碎)岁(碎)平安呀!哎,关老爷,干吗傻坐在地上,快起来,二姑还要看你耍大刀哪!"

谁知二姑这是使什么法术，绷紧的气势霎时就松开了。另一位姨婆马上应和说："旧的不去，新的不来，不除旧，不迎新。您等着瞧吧，今年非抱个大金娃娃不可，是吧？"她满脸欢笑朝我爸爸说，叫他应声。其他客人也一拥而上，说吉祥话，哄爸爸乐。

这些话平时根本压不住爸爸的火气，此刻竟有神奇的效力，迫使他不乐也得乐。过年乐，没灾祸。爸爸只得嘿嘿两声，点头说："啊，好、好、好……"

尽管他脸上的笑纹明显含着被克制的怒意，我却奇迹般地因此逃脱开一次严惩。妈妈对我丢了眼色，我立刻爬起来，拖着大刀，狼狈而逃。身后还响着客人们着意的拍手声、叫好声和笑声。

往后几天里，再有拜年的客人来，妈妈不再喊我，节目被取消了。我躲在自己屋里很少露面，那把大刀也掖在床底下，只是花脸依旧戴着，大概躲在这硬纸后边再碰到爸爸时有种安全感。每每从眼孔里望见爸爸那张阴沉含怒的脸，不再觉得自己是关老爷，而是个可怜虫了！

过了正月十五，大年就算过去了。我因为和妹妹争吃撤下来的祭灶用的糖瓜，被爸爸抓着腰提起来，按在床上死揍了一顿。我心里清楚，他是把打碎花瓶的罪过加在这件事上一起清算，因为他盛怒时，向我要来那把惹祸的大刀，用力折成段，大花脸也撕成碎片片。

从这事，我悟到一个祖传的概念：一年之中唯有过年这几天是孩子们的自由日，在这几天里无论怎样放胆去闹，也不会立刻得到惩罚。这便是所有孩子都盼望过年深在的缘故。当然，那被撕碎的花脸也提醒我，在这有限的自由里可得勒着点自己，当心事后加倍地算账。

挑山工

一

你见过泰山的挑山工吗？这是种很奇特的人！

不知别处对这种运货上山的民夫怎样称呼。这儿习惯叫作挑山工。单从"挑山"二字，就可以体会出这种工作非凡的艰辛。肩挑着百十斤的重物，从山下直挑到烟云缭绕、鸟儿都难飞得上去的山顶，谁敢一试？更何况，这被誉为"五岳之首"的泰山，自有其巍巍而不可征服的威势。从山根直至极顶处，一条道儿，全是高高的石头台阶，简直就是一架直上直下的万丈天梯。在通向南天门的十八盘道上，那些游山来的健壮的男儿，也不免气喘吁吁。一般人更是精疲力竭，抓着道旁的铁栏，把身子一点点往上移，每爬上十来级台阶，就要停下来歇一歇。只有这时，你碰到一个挑山工——他给重重的挑儿压塌了腰，汗水湿透衣衫，两条腿上的肌条筋缕都清晰地凸现在外，默不作声，一步一步，吃力又坚忍地走过你身旁，登了上去。你那才算是约略知道"挑山"二字的滋味……

挑山工，大概自古就有。山头那些千年古刹所用的一切建筑材料，都是从山下运上来的。你瞧着这些构造宏伟的古建筑上巨大的梁柱础石、沉重的铜砖铁瓦，再低头俯望一条灰白的山路，如同一根细绳，蜿蜒曲折，没入茫茫的谷底。你就会联想到，当年为了建造这些庙宇寺观，为了这壮观的美，挑山工们付出了怎样艰巨和惊人的劳动！

我少时来游泰山，山顶上还有三四十户人家，家中的男人大多是挑山工，给山上的国营招待所运送食品货物以为生计。清早，他们拿了扁担绳索，带着晨风晓露下山去，后晌随着一片暮云夕阳，把货物挑上山来。星光烁烁时，家家都开夜店，留宿在山头住一夜而打算转天早起观瞻日出的游人，收费却比国营招待所低廉。他们的屋子是石头垒的。山上风大，小屋都横竖卧在山道两旁的凹处，屋顶与道面一般平。屋里边简陋得几乎什么也没有，用来招待客人的，只有一条脏被和热开水。为了招待主顾，各家门首还挂着一个小幌牌，写着店名。有的叫"棒槌店"，就在木牌两边挂一对小木棒槌；有的叫"勺儿店"，便挂一对乌黑的小生铁勺儿，下边拴些红布穗子，随风摇摆，叮当轻响。不过，你在这店里睡不好觉。劳累了一天的挑山工和客人们睡在一张炕上。他们要整整打上一夜松涛般呼呼作响的鼾声……

在这些小石屋中间，摆着一件非常稀罕的东西。远看一人多高，颜色发黑，又圆又粗，两个人才能合抱过来。上边缀满繁密而细碎的光点，熠熠闪烁，好像一块巨型的金星石。近处一看，原来是一口特大的水缸，缸身满是裂缝，那些光点竟是数不清的连合破缝的锔子，估计总有一两千个，颇令人诧异。我问过山民，才知道，山顶没有泉眼，缺水吃，山民们用这口缸储存雨水。为什么打了这么多锔子呢？据说，三百多年前，山上住着一百多户人家。每天人们要到半山间去取水，很辛苦。一年，从这些人家中，长足了八个膀大腰圆、力气十足的小伙子。大家合计一下，在山下的泰安城里买了这口大缸。由这八个小伙子出力，整整用了七七四十九天，才把大缸抬到山顶。以后，山上人家愈来愈少，再也不能凑齐那样八个健儿，抬一口新缸来。每次缸裂了，便到山下请上来一位锔缸的工匠，锔上裂缝。天长日久，就成了这样子。

听了这故事，你就不会再抱怨山顶饭菜价钱的昂贵。山上烧饭用的煤，也是一块块挑上来的呀！

二

在泰山上，随处都可以碰到挑山工。他们肩上架一根光溜溜的扁担，两端翘起处，垂下几根绳子，拴挂着沉甸甸的物品。登山时，他们的一条胳膊搭在扁担上，另一条胳膊垂着，伴随登踏的步子有节奏地一甩一甩，以保持身体平衡。他们的路线是折尺形的——先从台阶的一端起步，斜行向上，登上七八级台阶，就到了台阶的另一端；便转过身子，反方向斜行，到一端再转回来，一曲一折向上登。每次转身，扁担都要换一次肩，这样才能使垂挂在扁担前头的东西不碰在台阶的边沿上，也为了省力。担了重物，照一般登山那样直上直下，膝头是受不住的。但路线曲折，就使路程加长。挑山工登一次山，大约多于游人们路程的一倍！

你来游山，一路上观赏着山道两旁的奇峰异石、巉岩绝壁、参天古木、飞烟流泉，心情喜悦，步子兴冲冲。可是当你走过这些肩挑重物的挑山工的身旁时，会禁不住用一种同情的目光，注视他们一眼。你会因为自己身无负载而倍觉轻松，反过来，又为他们感到吃力和劳苦，心中生出一种负疚似的情感……而他们呢？默默的，不动声色，也不同游人搭话——除非向你问问时间。一步步慢吞吞地走自己的路。任你怎样嬉叫闹喊，也不会惊动他们。他们却总用一种缓慢又平均的速度向上登，很少停歇。脚底板在石级上发出坚实有力的嚓嚓声。在他们走过之处，常常会留下零零落落的汗水的滴痕……

奇怪的是，挑山工的速度并不比你慢。你从他们身边轻快地超越过去，自觉把他们甩在后边很远。可是，你在什么地方饱览四周雄美的山色；或在道边诵读与抄录凿刻在石壁上的爬满青苔的古人的题句；或在喧闹的溪流前洗脸濯足，他们就会在你身旁慢吞吞、不声不响地走过去，悄悄地超过了你。等你发现他走在你的前头时，会吃一惊，茫然不解，以为他们是像仙人那样腾云驾雾赶上来的。

有一次，我同几个画友去泰山写生，就遇到过这种情况。我们在山下的斗姥宫前买登山用的青竹杖时，遇到一个挑山工。矮个子，脸儿黑生生，眉毛很浓，大约四十来岁，敞开的白土布褂子中间露出鲜红的背心。他扁担一头拴着几张黄木凳子，另一头捆着五六个青皮西瓜。我们很快就越过他去。可是到了回马岭那条陡直的山道前，我们累了，舒开身子，躺在一块平平的被山风吹得干干净净的大石头上歇歇脚，这当儿，竟发现那挑山工就坐在对面的草茵上抽着烟。随后，我们差不多同时起程，很快就把他甩在身后，直到看不见。但当我爬上半山的五松亭时，却见他正在那株姿态奇特的古松下整理他的挑儿。褂子脱掉，现出黑黝黝、健美的肌肉和红背心。我颇感惊异，走过去假装问道，让支烟，跟着便没话找话，和他攀谈起来。这山民倒不拘束，挺爱说话。他告诉我，他家住在山脚下，天天挑货上山。一年四季，一天一个来回。他干了近二十年。然后他说："您看俺个子小吗？干挑山工的，长年给扁担压得长不高，都是矮粗。像您这样的高个儿干不了这种活儿。走起来，晃晃悠悠哪！"

他逗趣似的一抬浓眉，咧开嘴笑了，露出皓白的牙齿。山民们喝泉水，牙齿都很白。

这么一来，谈话更随便些，我便把心中那个不解之谜说出来：

"我看你们走得很慢，怎么反而常常跑到我们前边来了呢？你们有什么近道儿吗？"

他听了，黑生生的脸上显出一丝得意之色。他吸一口烟，吐出来，好像做了一点思考，才说：

"俺们哪里有近道，还不和你们是一条道？你们是走得快，可你们在路上东看西看，玩玩闹闹，总停下来呗！俺们跟你们不一样。不能像你们在路上那么随便，高兴怎么就怎么。一步踩不实不行，停停站站更不行。那样，两天也到不了山顶。就得一个劲儿总往前走。别看俺们慢，走长了就跑到你们前边去了。瞧，是不是这个理儿？"

我笑吟吟，心悦诚服地点着头。我感到这山民的几句话里，似乎蕴藏着一种意味深长的哲理、一种切实而朴素的思想。我来不及细细嚼味，做些引申，他就担起挑儿起程了。在前边的山道上，在我流连山色之时，他还是悄悄超过了我，提前到达山顶。我在极顶的小卖部门前碰见他，他正在那里交货。我们的目光相遇时，他略表相识地点头一笑，好像对我说：

"瞧，俺可又跑到你的前头来了！"

我自泰山返回家后，就画了一幅画——在陡直而似乎没有尽头的山道上，一个穿红背心的挑山工给肩头的重物压弯了腰，却一步步、不声不响、坚忍地向上登攀。多年来，这幅画一直挂在我的书桌前，不肯换掉，因为我需要它……

日历

我喜欢用日历，不用月历。为什么？

厚厚一本日历是整整一年的日子。每扯下一页，它新的一页——光亮而开阔的一天便笑嘻嘻地等着我去填满。我喜欢日历每一页后边的"明天"的未知，还隐含着一种希望。"明天"乃是人生中最富魅力的字眼儿。生命的定义就是拥有明天。它不像"未来"那么过于遥远与空洞。它就守候在门外。走出了今天便进入了全新的明天。白天和黑夜的界线是灯光；明天与今天的界线还是灯光。每一个明天都是从灯光熄灭时开始的。那么明天会怎样呢？当然，多半还要看你自己的。你快乐它就是快乐的一天，你无聊它就是无聊的一天，你匆忙它就是匆忙的一天；如果你静下心来就会发现，你不能改变昨天，但你可以决定明天。有时看起来你很被动，你被生活所选择，其实你也在选择生活，是不是？

每年元月元日，我都把一本新日历挂在墙上。随手一翻，光溜溜的纸页花花绿绿滑过手心，散发着油墨的芬芳。这一刹那我心头十分快活。我居然有这么大把大把的日子！我可以做多少事情！前边的日子就像一个个空间，生机勃勃，宽阔无边，迎面而来。我发现时间也是一种空间。历史不是一种空间吗？人的一生不是一个漫长又巨大的空间吗？一个个"明天"，不就像是一间间空屋子吗？那就要看你把什么东西搬进来。可是，时间的空间是无形的，触摸不到的。凡是使用过的日子，立即就会消失，抓也抓不住，而且了无痕迹。也许正是这样，我们便会感受到岁月的匆匆与虚无。

有一次，一位很著名的表演艺术家对我讲她和她的丈夫的一件事。她唱戏，丈夫拉弦。他们很敬业。天天忙着上妆上台，下台下妆，谁也顾不上认真看对方一眼，几十年就这样过去了。一天老伴忽然惊讶地对她说："哎哟，你怎么老了呢！你什么时候才老的呀？我一直都在你身边怎么也没发现哪！"她受不了老伴脸上那种伤感的神情。她就去做了美容，除了皱，还除去眼袋。但老伴一看，竟然流下泪来。时针是从来不会逆转的。倒行逆施的只有人类自己的社会与历史。于是，光阴岁月，就像一阵阵呼呼的风或是闪闪烁烁的流光；它最终留给你的只有无奈而频生的白发和消耗中日见衰弱的身躯。为此，你每扯去一页用过的日历时，是不是觉得有点像扯掉一个生命的页码？

我不能天天都从容地扯下一页。特别是忙碌起来，或者从什么地方开会、活动、考察、访问归来，看见几页或十几页过往的日子挂在那里，黯淡、沉寂和没用；被时间掀过的日历好似废纸。可是当我把这一沓用过的日历扯下来，往往不忍丢掉，而把它们塞在书架的缝隙或夹在画册中间。就像从地上拾起的落叶。它们是我生命的落叶！

别忘了，我们的每一天都曾经生活在这一页一页的日历上。

记得一九七六年唐山大地震那天，我所住的长沙路思治里12号那个顶层上的亭子间被彻底摇散，震毁。我一家三口像老鼠那样找一个洞爬了出来。当我双腿血淋淋地站在洞外，那感觉真像从死神的指缝里侥幸地逃脱出来。转过两天，我向朋友借了一架方形铁盒子般的海鸥牌相机，爬上我那座狼咬狗啃废墟般的破楼，钻进我的房间——实际上已经没有屋顶。我将自己命运所遭遇的惨状拍摄下来，我要记下这一切。我清楚地知道这是我个人独有的经历。这时，突然发现一堵残墙上居然还挂着日历——那蒙满灰土的日历的日子正是地震那一天：一九七六年七月二十八日，星期三，丙辰年七月初二。我伸手把它小心地扯下来。如今，它和我当时拍下的照片，已经成了我个人生命史刻骨铭心的珍藏了。

由此，我懂得了日历的意义。它原是我们生命忠实的记录。从"隐形写作"的含义上说，日历是一本日记。它无形地记载我每一天遭遇的、面临的、经受的，以及我本人应对与所作所为，还有改变我的和被我改变的。

然而人生的大部分日子是重复的——重复的工作与人际，重复的事物与相同的事物都很难被记忆。所以我们的日历大多页码都黯淡无光。过后想起来，好似空洞无物。于是，我们就碰到一个非常重要的关于人本的话题——记忆。人因为记忆而厚重、智慧和变得理智。更重要的是，记忆使人变得独特。因为记忆排斥平庸。记忆的事物都是纯粹而深刻个人化的。所有个人都是一个独特的"个案"。记忆很像艺术家，潜在心中，专事刻画我们自己的独特性。你是否把自己这个"独特"看得很重要？广义地说，精神事物的真正价值正是它的独特性。无论是一个人，还是一种文化。记忆依靠载体。一个城市的记忆留在它历史的街区与建筑上，一个人的记忆在他的照片上、物品里、老歌老曲中，也在日历上。

然而，人不能只是被动地被记忆，我们还要用行为去创造记忆。我们要用情感、忠诚、爱心、责任感，以及创造性的劳动去书写每一天的日历。把这一天深深嵌入记忆里。我们不是有能力使自己的人生丰富、充实以及具有深度和分量吗？

所以我写过：

"生活就是创造每一天。"

我还在一次艺术家的聚会中说：

"我们今天为之努力的，都是为了明天的回忆。"

为此，每每到了一年最后的几天，我都是不肯再去扯日历。我总把这最后几页保存下来。这可能出于生命的本能。我不愿意把日子花得净光。你一定会笑我，并问我这样就能保存住日子吗？我便把自己在今年日历的最后一页上写的四句诗拿给你看：

岁月何其速，

哎呀又一年。

花叶全无迹，

存世惟诗篇。

正像保存葡萄最好的方式是把葡萄变为酒；保存岁月最好的方式是致力于把岁月变为永存的诗篇或画卷。

现在我来回答文章开始时那个问题：为什么我喜欢日历？因为日历具有生命感。或者说日历叫我随时感知自己的生命并叫我思考如何珍惜它。

黄山绝壁松

黄山以石奇云奇松奇名天下。然而登上黄山，给我以震动的还是黄山松。

黄山之松布满黄山。由深深的山谷至大大小小的山顶，无处无松。可是我说的松只是山上的松。

山上有名气的松树颇多，如迎客松、望客松、黑虎松、连理松等等，都是游客们争相拍照的对象。但我说的不是这些名松，而是那些生在极顶和绝壁上不知名的野松。

黄山全是石峰。裸露的巨石侧立千仞，光秃秃没有土壤。尤其那些极高的地方，天寒风疾，草木不生，苍鹰也不去那里，一棵棵松树却破石而出，伸展着优美而碧绿的长臂，显示其独具的气质。世人赞叹它们独绝的姿容，却很少去想在终年的烈日下或寒风中，它们是怎样存活和生长的？

一位本地人告诉我，这些生长在石缝里的松树，根部能够分泌一种酸性的物质，腐蚀石头的表面，使其化为养分被自己吸收。为了从石头里寻觅生机，也为了牢牢抓住绝壁，以抵抗不期而至的狂风的撕扯与摧折，它们的根日日夜夜与石头搏斗着，最终不可思议地穿入坚如钢铁的石体。细心便能看到，这些松根在生长和壮大时常常把石头从中挣裂！还有什么树木有如此顽强的生命力？

我在迎客松后边的山崖上仰望一处绝壁，看到一条长长的石缝里生着一株幼小的松树。它高不及一米，却旺盛而又有活力。显然曾有一颗松子飞落到这里，在这冰冷的石缝间，什么养料也没有，它却奇迹般生根发芽，生长起来。如此幼小的树也能这般顽强？这力量是来自物种本身，还是在一代代松树坎坷的命运中磨砺出来的？我想，一定是后者。我发现，山上之松与山下之松绝不一样。那些密密实实拥挤在温暖的山谷中的松树，干直枝肥，针叶鲜碧，慵懒而富态；而这些山顶上的绝壁松却是枝干瘦硬，树叶黑绿，矫健又强悍。这绝壁之松是被恶劣与凶险的环境强化出来的。它遒劲和富于弹性的树干，是长期与风雨搏斗的结果；它远远地伸出的枝叶是为了更多地吸取阳光……这一代代艰辛的生存记忆，已经化为一种个性的基因，潜入绝壁松的骨头里。为此，它们才有着如此非凡的性格与精神。

它们站立在所有人迹罕至的地方。在那些荒峰野岭的极顶，那些下临万丈的悬崖峭壁，那些凶险莫测的绝境，常常可以看到三两棵甚至只有一棵孤松，十分夺目地立在那里。它们彼此姿态各异，也神情各异，或英武，或肃穆，或孤傲，或寂寞。远远望着它们，会心生敬意。但它们——只有站在这些高不可攀的地方，才能真正看到天地的浩荡与博大。

于是，在大雪纷飞中，在夕阳残照里，在风狂雨骤间，在云烟明灭时，这些绝壁松都像一个个活着的人：像站立在船头镇定又从容地与激浪搏斗的艄公，像战场上永不倒下的英雄，像沉静的思想者，像超逸又具风骨的文人……在一片光亮晴空的映衬下，它们的身影就如同用浓墨画上去的一样。

但是，别以为它们全像画中的松树那么漂亮。它们有的枝干被飓风吹折，暴露着断枝残干，但另一些枝叶仍很苍郁；有的被酷热与冰寒打败，只剩下赤裸的枯骸，却依旧尊严地挺立在绝壁之上。于是，一个强者应当有的品质——刚强、坚忍、适应、忍耐、奋取与自信，它全都具备。

现在可以说了，在黄山这些名绝天下的奇石奇云奇松中，石是山的体魄，云是山的情感，而松——绝壁之松是黄山的灵魂。

长衫老者

　　我幼时，家对门有条胡同，又窄又长，九曲八折，望进去深邃莫测。隔街是店铺集中的闹市，过往行人都以为这胡同通向那边闹市，是条难得的近道，便一头扎进去，弯弯转转，直走到头，再一拐，迎面竟是一堵墙壁，墙内有户人家。原来这是条死胡同！好晦气！凡是走到这儿来的，都恨不得把这面堵得死死的墙踹倒！

　　怎么办？只有认倒霉，掉头走出来。可是这么一往一返，不但没抄了近道，反而白跑了长长一段冤枉路。正像俗话说的：贪便宜者必吃亏。那时，只要看见一个人满脸丧气从胡同里走出来，哈，一准知道是撞上死胡同了！

　　走进这死胡同的，不仅仅是行人，还有一些小商小贩。为了省脚力，推车挑担串进来，这就热闹了。本来狭窄的道儿常常拥塞，让车轱辘碰伤孩子的事也不时发生。没人打扫它，打扫也没用，整天尘土蓬蓬。人们气急就叫："把胡同顶头那家房子扒了！"房子扒不了，只好忍耐。忍耐久了，渐渐习惯。就这样，乱乱哄哄，好像它天经地义就该如此。

　　一天，来了一位老者，个子矮小，干净爽利，一件灰布长衫，红颜白须，目光清朗，胳肢窝夹个小布包包，看样子像教书先生。

他走进胡同，一直往里，可过不久就返回来。嘿，又是一个撞上死胡同的！

这位长衫老者却不同常人。他走出来时，面无懊丧，而是目光闪闪，似在思索，然后站在胡同口，向左右两边光秃秃的墙壁望了望，跟着蹲下身，打开那布包，包里面有铜墨盒、毛笔、书纸和一个圆圆的带盖的小饭盆。他取笔展纸，写了端端正正、清清楚楚四个大字：此路不通。又从小盆里捏出几颗饭粒，代做糨糊，把这张纸贴在胡同口的墙壁上，看了两眼便飘然而去。

咦，谁料到这张纸一出，立刻出现奇迹。过路人若要抄近道扎进胡同，一见纸上的字，就转身走掉。小商贩们即使不识字，见这里进出人少，疑惑是死胡同，自然不敢贸然进去。胡同陡然清静多了。过些日子，这纸条给风吹雨打，残破了，胡同里的住家便想到用一块木板，仿照这四个字写在上边，牢牢钉在墙上，这样就长久地保留下来。

胡同自此大变样子。

它出现了从来没见过的情景：有人打扫，有人种花，有孩童玩耍，鸟雀也敢在地面上站一站。逢到一夜大雪过后，犹如一条蜿蜒洁白的带子，渐渐才给早起散步的老人们，踩上一串深深的雪窝窝。这些饱受市井喧嚣的人家，开始享受起幽居的静谧和安宁来了。

于是，我挺奇怪，本来这么简单的一举，为什么许多年里不曾有人想到？我因此愈加敬重那矮小、不知姓名、肯思索、更肯动手来做的长衫老者了……

逛娘娘宫

一

　　那时，像我们这些生长在天津的男孩子，只要听大人们提到娘娘宫，心里仿佛有只小手抓得怪痒痒的。尤其大年前夕，娘娘宫一带是本地的年货市场。千家万户预备过年用的什么炮儿啦、灯儿啦、画儿啦、糕儿啦等，差不多都是从那里买到的。我猜想这些东西在那里准堆成一座座花花绿绿的小山似的。我多么盼望能去娘娘宫玩一玩！但一直没人带我去，大概那时我家好歹算个富户，不便出没于这种平民百姓的集聚之地。我有个姑表哥，他爸爸早殁，妈妈有疯病，日子穷窘；他是个独眼——别看他独眼，他反而挺自在。他那仅剩下单独一只的、又小又细、用来看世界的右眼，却比我的一双黑黑的、正常的大眼睛视野更广，福气更大，行动也更自由——像什么钓鱼逮蟹、到鸟市上听说书、捅棋、买小摊上便宜又好玩的糖稀吃等等，他样样能做，我却不能。对于世上的快乐与苦恼，大人和孩子的标准往往不同。大人们是属于社会的，孩子们则属于大自然，这些话不必多说，就说我这独眼表哥吧！他不止一次去过娘娘宫，听他描绘娘娘宫的情景，看耍猴呀，抖空竹呀，逛炮市呀等，再加上他口沫横飞、洋洋得意的神气，我都真有私逃出家、随他去一趟的念头。此刻饭菜不香，糖不甜，手边的玩具顷刻变得索然无味了。我妈妈立刻猜到我的心事，笑眯眯地对我说："又惦着逛娘娘宫了吧！"

说也怪，我任何心事她都知道。

二

我的妈妈是我的奶妈。

我娘生下我时，没有奶，便坐着胶皮车到估衣街的老妈店去找奶妈。我这奶妈是武清县落垡人，刚生过孩子，乡下连年闹灾荒没钱花，她就撇下自己正吃奶的孩子，下到天津卫来做奶妈。我娘一眼就瞧上了她，因为她在一群待用的奶妈中十分惹眼，个子高大，人又壮实，一双大脚，黑里透红、亮光光的一张脸，看上去"像个男人"，很健康——这些情形都是后来听大人们说的。据说她的奶很足，我今天能长成个一米九二的大汉，大概就是受了她奶汁育养之故。

她姓赵。我小名叫"大弟"。依照天津此地的习惯，人们都叫她"大弟妈"。我叫她"妈妈"。

在我依稀还记得的童年的那些往事中，不知为什么，对她的印象要算最深了。几乎一闭眼，她那样子就能穿过厚厚的岁月的浓雾，清晰地显现在眼前。她是个有着尖头顶、扁长的大嘴、一头又黑又密的头发的女人，每天早上都对着一面又小又圆的水银镜子，把头发放开，篦过之后，涂上好闻的刨花油，再重新绾到后颈，卷成一个乌黑油亮、像个大烧饼似的大抓髻，外边套上黑线网；只在两鬓各留一绺头发，垂在耳前。这是河北武清那边妇女习惯的发型。她的脸可真黑，嘴唇发白，而且在脸色的对比下显得分外的白。大概这是她爱喝醋的缘故。人们都说醋吃多了，就会脸黑唇白。她可真能喝醋！每吃饭，必喝一大碗醋，有时菜也不吃，一碗饭加一碗醋，吃得又香又快。她为什么这样爱喝醋呢？有一次，我见她吃喝正香，嘴唇咂咂直响，不觉嘴里发馋，非向她要醋喝不可，她把醋碗递给我，叫我抿一小口，我却像她那样喝了一大口。天哪！真是酸死我了。从此，我一看她吃饭，听到她吮咂着唇上醋汁的声音，立即觉得两腮都收紧了。

再有，便是她上楼的脚步异乎寻常地轻快。她带着我住在三楼的顶间，每天楼上楼下不知要跑多少趟，很少歇憩，似有无穷精力。如果她下楼去拿点什么，几乎一转眼就回到楼上。直到现在，我还没有遇见过第二个人把上下楼全然不当作一回事呢。

那时，我并不常见自己的父母。他们整天忙于应酬，常常在外串门吃饭。只是在晚间回来时，偶尔招呼她把我抱下楼看看，逗逗，玩玩，再给她抱上楼。我自生来日日夜夜都是跟随着她。据说，本来她打算等我断了奶，就回乡下去。但她一直没有回去，只是年年秋后回去看看，住上十天半个月就回来。每次回来都给我带一些使我醉心的东西，像装在草棍编的小笼子里的蝈蝈啦，金黄色的小葫芦啦，村上卖的花脸和用麻秆做柄的大刀啦……她一走，我就哭，整天想她；她呢，每次都是提前赶回来，好像她的家不在乡下，而在我家这里。在我那冥顽无知稚气的脑袋里，哪里想得到她留在我家，全然是为了我。

我在家排行第三，上边是两个姐姐，我却算作长子。每当我和姐姐们发生争执，她总是明显地、气咻咻地偏袒我。有人说她"以为照看人家的长子就神气了！"或者说她这样做是"为了巴结主户"。她不以为然，我更不懂得这种家庭间无聊的闲话。我是在她怀抱里长大的。她把我当做自己亲生孩子那样疼爱，甚至溺爱；我从她身上感受到的气息反比自己的生母更为亲切。

每每夏日夜晚，她就斜卧在我身旁，脱了外边的褂子，露出一个大红布的绣着彩色的花朵和叶子的三角形兜肚儿，上端有一条银亮的链子挂在颈上。这时她便给我讲起故事来，像什么《傻子学话》《狼吃小孩》《烧火丫头杨排风》等等。这些故事不知讲了多少遍，不知为什么每听起来依然津津有味。她一边讲，一边慢慢摇着一把大蒲扇，把风儿一下一下地凉凉快快扇在我身上。伏天里，她常常这样扇一夜，直到我早晨醒来，见她眼睛困倦难张，手里攥着蒲扇，下意识地，一歪一斜地、停停住住地摇着……

如果没有下边的事，对于一个八岁的孩子，所能记下的某一个人的事情也只能这些了。但下边的事我记得更清楚，始终忘不了。

一年的年根底下，厨房一角的灶王龛里早就点亮香烛，供上又甜又脆、粘着绿色蜡纸叶子的糖瓜。这时，大年穿戴的新装全都试过，房子也打扫过了，玻璃擦得好像都看不见了。里里外外，亮亮堂堂。大门口贴上一幅印着披甲戴盔、横眉立目的古代大将的画纸。妈妈告诉我那是"门神"，有他俩把住大门，大鬼小鬼进不来。楼里所有的门板上贴上"福"字，连垃圾箱和水缸也都贴了，不过是倒着贴的，借着"到"和"倒"的谐音，以示"福气到了"之意。这期间，楼梯底下摆一口大缸，我和姐姐偷偷掀开盖儿一看，全是白面的馒头、糖三角、豆馅包和枣卷儿，上边用大料蘸着品红色点个花儿，再有便是左邻右舍用大锅烧炖年菜的香味，不知从哪里一阵阵悄悄飞来，钻入鼻孔；还有些性急的孩子等不及大年来到，就提早放起鞭炮来。一年一度迷人的年意，使人又一次深深地又畅快地感到了。

独眼表哥来了。他刚去过娘娘宫，带来一包俗名叫"地耗子"的土烟火送给我。这种"地耗子"只要点着，就"哧哧"地满地飞转，弄不好会钻进袖筒里去。他告诉我这"地耗子"在娘娘宫的炮市上不过是寻常之物，据说那儿的鞭炮烟火有上百种。我听了，再也止不住要去娘娘宫一看的愿望，便去磨我的妈妈。

我推开门，谁料她正撩起衣角抹泪。她每次回乡下之前都这样抹泪，难道她要回乡下去？不对，她每次总是大秋过后才回去呀！

她一看见我，忙用手背抹干眼角，抽抽鼻子，露出笑容，说：

"大弟，我告诉你一件你高兴的事。"

"什么事？"

"明儿一早，我带你去逛娘娘宫！"

"真的？！"心里渴望的事突然来到眼前，反叫我吃惊地倒退两步，"我娘叫我去吗？"

"叫你去！"她眯着笑眼说，"我刚对你娘打了保票，保险丢不了你，你娘答应了。"

我一下子扑进她的怀抱。这怀抱里有股多么温暖、多么熟悉的气息呵！就像我家当院的几株老槐树的气味，无论在外边跑了多么久，多么远，只要一闻到它的气味，就立即感到自己回到最亲切的家中来了。

可这时，我感到有什么东西"啪、啪"落在我背上，还有一滴落在我后颈上，像大雨点儿，却是热的。我惊奇地仰起面孔，但见她泪湿满面。她哭了！她干吗要哭？我一问，她哭得更厉害了。

"孩子，妈今年不能跟你过年了。妈妈乡下有个爷儿们，你懂吗？就像你爸和你娘一样。他害了眼病，快瞎了，我得回去。明儿早晌咱去娘娘宫，后晌我就走了。"

我仿佛头一次知道她乡下还有一些与她亲近的人。

"瞎了眼，不就像独眼表哥了？"我问。

"傻孩子，要是那样，他还有一只好眼呢！就怕两眼全瞎了。妈就……"她的话说不下去了。

我也哭起来。我这次哭，比她每次回乡下前哭得都凶，好像敏感到她此去就不再来了。

我哭得那么伤心、委屈、难过，同时忽又想到明儿要去逛娘娘宫，心里又翻出一个甜甜的小浪头。谁知我此时此刻心里是股子什么滋味？

三

我们一进娘娘宫以北的宫北大街，就像两只小船被卷入来来往往的、颇有劲势的人流里，只能看见无数人的前胸和后背。我心里有点紧张，怕被挤散，才要拉紧妈妈的手，却感到自己的小手被她的大手紧紧握着了。人声嘈杂得很，各种声音分辨不清，只有小贩们富于诱惑的吆喝声，像鸟儿叫一样，一声声高出众人嗡嗡杂乱的声音之上，从大街两旁传来：

"易德元的吊钱呵，眼看要抢完了，还有五张！"

"哪位要皇历，今年的皇历可是套片精印的，整本道林纸。哎，看看节气，找个黄道吉日，家家缺不了它呵！"

"哎、哎、哎，买大枣，一口一个吃不了……"

但什么也瞧不见，人们都是前胸贴着后背，偶有人缝，便花花绿绿闪一下，逗得我眼睛发亮。忽然，迎面一人手里提着一个五彩缤纷的盒子，盒子上印着两个胖胖的人儿，笑嘻嘻挤在一起，煞是有趣，可是没等我细瞧，那人却往斜刺里去了。跟着听到一声粗鲁的喝叫："瞧着！"我便撞在一个软软的、热乎乎的、鼓鼓囊囊的东西上。原来是一个人的大肚子。这人袒敞着棉袄，肚子鼓得好大，以致我抬头看不见他的脸。这时，只听到妈妈的怨怪声：

"你这么大人，怎么瞧不见孩子呢，快，别挤着孩子呀！"

那人嘟囔几声什么。说也好笑，我几乎在他肚子下边，他怎么看得见我？这时，只觉得这人在我前面左挪右挪，大肚子热烘烘蹭着我的鼻尖，随后像一个软软的大肉桶，从我右边滑过去了。我感到一阵轻松畅快，就在这一瞬，对面又来了一个老头，把一个大鱼灯举过头顶；这是条大鲤鱼，通身鲜红透明，尾巴翘起，伸着须，眼睛是两个亮晃晃、又圆又鼓的大金球儿……

"妈妈，你看……"我叫着。

妈妈扭头，大鱼灯却不见了。

又是无数人的前胸和后背。

我真担心娘娘宫里也是如此，那就什么也看不见了。

"妈妈，我要看，我什么也瞧不见哪！"

"好！我抱你到上边瞧！"

妈妈说着，把我抱起来往横处挤了几步，撂在一个高高的地方。呀！我真又惊又喜，还有点傻了！好像突然给举到云端，看见了一个无法形容、灿烂辉煌、热闹非凡的世界。我首先看到的是身前不远的地方有两根旗杆，高大无比，尖头简直碰到天。我对面是一座戏台，上边正在敲锣打鼓，唱戏的人正起劲儿地叫着，台下一片人头攒动。我再扭身一看，身后竟是一座美丽的大庙。在这中间，满是罩棚，满是小摊，满是人。各种新奇的东西和新奇的景象，一下子闯进眼帘，我好像什么也看不清了。在这之后，我才明白自己站在庙前一个石头砌的高台上……

"妈妈，妈，这就是娘娘宫吗？"我叫着。

"可不是吗？"妈妈笑眯眯地说。每逢我高兴之时，她总是这样心花怒放地笑着。她说："大弟，你能在这儿站着别动吗？妈到对面买点东西。那儿太挤，你不能去。你可千万别离开这儿。妈去去就来。"

我再三答应后，她才去。我看着她挤进一家绒花店。

这时，我才得以看清宫门前的全貌。从我们走来的宫北大街，经过这庙前，直奔宫南大街，千千万万小脑袋蠕动着，街的两旁全是店铺，张灯结彩，悬挂着五色大旗，写着"大年减价""新年连市"等等字样，一直歪歪斜斜、蜿蜒地伸向锅店街那边而去，好像一条巨大的鳞光闪闪的巨蟒，在地上慢慢摇动它笨拙的身躯，真是好看极了。我禁不住双腿一蹦一蹦，拍起手来。

"当心掉下来！"有人说着并抓住我的腰。

原来妈妈来了，她喜笑颜开，手里拿着一个方方的花纸盒，鬓上插着一朵红绒花。这花儿如此艳丽，映着她的脸，使她显得喜气洋洋，我感到她从来没有像今天这样好看。

"妈，你好看极了！"

"胡说！"妈羞笑着说，"快下来，咱们到娘娘宫里去看看。"

我随她跨进了多年梦思夜想的娘娘宫。心里还掠过一种自豪与得意之情，心想，回头我也能像独眼表哥那样对别人讲讲娘娘宫的事了。而我的姐姐们还没有我今天这种好福气呢！

庙里好热闹，楼宇一处连一处，香烟缭绕，到处是棚摊。这宫院里和外边一样，也成了年货集市。小贩、香客、游人挤成一团，各色各样的神仙图画挂满院墙，连几株老树上也挂得满满的。

一束束红蓝黄绿的气球高过人头，在些许的微风里摇颤着，仿佛要摆脱线的牵扯，飞上碧空……宫院左边是卖金鱼的，右边的摊上多卖空竹。内中有一个胖子，五十多岁，很大一顶灰兔皮帽扣在头上。四四方方一张红脸，秤砣鼻子，鼻毛全支出来，好像废井中长出的荒草。他上身穿一件紧身元黑罩衫，显出胖大结实的身形，正中一行黄布裹成的疙瘩扣，排得很密，像一条大蜈蚣爬在他的胸上。下边是肥大黑裤，青布缠腿，云字样的靴头。他挽着袖管，抖着一个脸盆大小的空竹。如此大的空竹真是世所罕见。别看他身胖，动作却不迟笨，胳膊一甩，把那奇大的空竹抖得精熟，并且顺着绳子，一忽儿滚到左胳膊上，一忽儿滚到右胳膊上，一忽儿猫腰俯背，让转动的空竹滚背而过，一忽儿又把这沉重的家伙抛上半空，然后用手里的绳子接住。这时他面色十分神气。那空竹发出的声音也如牛吼一般。他的货摊上悬着一个朱红漆牌，写着三个金字："空竹王"。旁边有行小字"乾隆老样"。摊上的空竹所贴的红签上，也都印着这些字样，并有"认清牌号，谨防假冒"八个字。他的货摊在同行中显得很阔绰，大大小小的空竹，式样不一，琳琅满目，使得左右的邻摊显得寒碜、冷落和可怜。他一边抖着空竹，一边嘴里叨叨着，说他的空竹是祖传的。他家历来不但精于制作，又善于表演空竹。他祖宗曾进过宫，给乾隆爷表演过，乾隆爷看得"龙颜大悦"，赐给他祖宗黄金百两、白银一千，外加黄马褂一件，据说那是他祖祖祖祖爷爷的事。后来他家又有人进宫给慈禧太后表演空竹，便是他祖祖爷的事了。祖辈的那黄马褂没有留下，却传下这只巨型的空竹……说到这儿，他把空竹用力抖两下，嘴里的话锋一转，来了生意经，开始夸耀自家空竹的种种优长，直说得嘴角溢出白沫。本来他的空竹不错，抖得也蛮好，不知为什么，这样滔滔不绝的自夸和炫耀，尤其他那股剽悍和霸气劲儿反叫人生厌。这时，他大叫一声，猛一用力，把空竹再次抛上半空，随着脑袋后仰过猛，头上那顶大兔皮帽被抛在身后，露出一个青皮头顶，见棱见角，并汗津津冒着热气，好似一只没有上锅的青光光的蟹盖儿，大家忍不住笑了。我妈妈笑了一下，便领我到邻处小摊上，买了一个小号的空竹给我。那摊贩对妈妈十分客气，似有感激之意。妈妈为什么不买"空竹王"那里漂亮的空竹，而偏偏买这小摊上不大起眼的东西？这事一直像个谜存在我心里，直到我入了社会，经事多了，才解开这积存已久的谜。

四

大庙里的气氛真是神秘、奇异、可怖。那气氛是只有庙堂里才有的。到处黑洞洞的，到处又闪着辉煌的亮光；到处是人，到处是神。一处处庙堂，一尊尊佛像，有的像活人，有的像假人，有的逗人发笑，有的瞪眼吓人，有的莫名其妙。妈妈在我耳边轻轻告诉我，哪个是娘娘，哪些是四大门神，哪个是关帝，还有雷公、火神、疙瘩刘爷、傻哥和张仙爷。给我印象最突出的要算这张仙爷了。他身穿蓝袍，长须飘拂，张弓搭箭，斜向屋角，既威武又洒脱。妈妈告诉我，民人住宅常有天狗从烟囱钻进来，兴妖作怪，残害幼儿。张仙爷专除天狗，见了天狗钻进民宅就将弓箭射去，以保护孩童。故此，人都称他为"射天狗的张仙爷"……

在我不自觉地望着这护佑儿童们的泥神时，妈妈向一个人问了几句话，就领着我穿过两重热闹闹的小院，走到一座庙堂前。她在门口花了几个小钱买了一把香，便走进去。里边一团漆黑，烟雾弥漫，香的气味极浓。除去到处亮着的忽闪忽闪的烛火，别的什么都看不见。我才要向前迈步，妈妈忽把我拉住，我才发现眼前有几个人跪伏着，随后脑袋一抬，上身直立；跟着又俯身叩首做拜伏状。这些人身前是张条案，案上供具陈列，一尊乌黑的生铁香炉插满香，香灰撒落四边，四座烛台都快给烛油包上了……就在这时，从条案后的黑黝黝的空间里，透现出一个胖胖的、端庄的、安详的妇女的面孔。珠冠绣衣，粉面朱唇，艳美极了。缭绕的烟缕使她的面孔忽隐忽现，跳动的烛光似乎使她的表情不断变化着，忽而严肃，忽而慈爱，忽而冷峻，忽而微笑。她是谁？如何这样妄自尊崇，接受众人的叩拜？我想到这儿时，已然发现她也是一尊泥塑彩画的神像。为什么许多人要给这泥人烧香叩头呢？我拉拉妈妈的衣袖，想对她说话，她却不搭理我。我抬头看她时，只见妈妈脸上郑重又虔诚，一双眼呆呆的，散发出一种迟缓又顺从的光来。我真不懂妈妈何以做出如此怪异的神情。但不知为什么，我忽然不敢出声，不敢随意动作，一股庄重不阿的气氛牢牢束缚住我。心里升起一种从未有过的敬畏的感觉，不觉悄悄躲到妈妈的身后。

在条案一旁，立着一个老头，松形鹤骨，神情肃穆，穿黄袍子。我一直以为他也是个泥人。此刻他却走到妈妈身前，把妈妈手里的香接过去，引烛火点着，插在香炉内。这时妈妈也像左右的人那样屈腿伏身，叩头作揖。只剩下我直僵僵地站着。这当儿，一个新发现竟使我吓得缩起脖子：原来条案后那泥神身上满是眼睛，总有几十只，只只眼睛都比鞋子还大，眼白极白，眼球乌黑，横横竖竖，好像都在瞧着我。我一惊之下，忙蹲下来，躲在妈妈背后，双手捂住了脸。后来妈妈起了身，拉着我走出这吓人的庙堂。我便问：

"妈妈，那泥人怎么浑身都是眼睛呀！"

"哎哟，别胡扯，那是千眼娘娘，专管人得眼病的。"

我听了依然莫解，但想到妈妈给她叩头，是为了她丈夫的病吧！我又想发问，却没问出来，因为她那满是浅细皱纹的眼皮中间似乎含着泪水。我之所以没再问她，是因为不愿意勾起她心中的烦恼和忧愁，还是怕她眼里含着的泪流出来，现在很难再回想得清楚，谁能弄清楚自己儿时的心理？

五

在宫南大街，我们又卷在喧闹的人流中。声音愈吵，人们就愈要提高嗓门，声音反倒愈响。其实如果大家都安静下来，小声讲话，便能节省许多气力，但此时、此刻、此地谁又能压抑年意在心头上猛烈的骚动？

宫南大街比宫北大街更繁华，店铺挨着店铺，罩棚连着罩棚，五行八作，无所不有。最有趣的是年画店，画儿贴满四壁，标上号码，五彩缤纷，简直看不过来。还有一家画店，在门前放着一张桌，桌面上码着几尺高的年画，有两个人，把这些画儿一样样地拿给人们看，一边还说些为了招徕主顾而逗人发笑的话，更叫人好笑的是这两个人，一般高，穿着一样的青布棉袍，驼色毡帽，只是一胖一瘦，一个难看，一个顺眼，很像一对说相声的。我爱看的《一百单八将》《百子闹学》《屎壳郎堆粪球》等等这里都有。

由此再往南去，行人渐少，地势也见宽阔。沿街多是些小摊，更有可怜的，只在地上放一块方形的布，摆着一些吊钱、窗花、财神图、全神图、彩蛋、花糕模子、八宝糖盒等零碎小物。这些东西我早都从妈妈嘴里听到过，因此我都能认得。还有些小货车，放着日用的小百货，什么镜儿、膏儿、粉儿、油儿的。上边都横竖几根杆子，拴着女孩子们扎辫子用的彩带子，随风飘摇，很是好看；还有的竖立一棵粗粗的麻秆儿，上面插满各样的绒花，围在这小车边的多是些妇女和姑娘。在这中间，有一个卖字的老人的表演使我入了迷。一张小木桌，桌上一块大紫石砚，一把旧笔，一捆红纸，还立着一块小木牌，写着"鬻字"。这老人瘦如干柴，穿一件土黄棉袍，皱皱巴巴，活像一棵老人参。天冷人老，他捉着一支大笔，跷起的小拇指微微颤抖。但笔道横平竖直，宛如刀切一般。四边闲着的人都怔着，没人要买。老人忽然左手也抓起一支大笔，蘸了墨，两手竟然同时写一副对联。两手写的字却各不相同。字儿虽然没有单手写得好，观者反而惊呼起来，争相购买。

看过之后，我伸手一拉妈妈：

"走！"

她却摆胳膊。

"走——"我又一拉她。

"哎，你这孩子怎么总拉人哪？！"

一个陌生的爱挑剔的女人尖厉的声音传来。我抬头一看，原来是一位矮小的黄脸女人，怀里抱着一篓鲜果。她不是妈妈！我认错人了！妈妈在哪儿？我慌忙四下一看，到处都是生人，竟然不见她了！我忙往回走。

"妈妈，妈妈……"我急急慌慌地喊，却听不见回答，只觉得自己喉咙哽咽，喊不出声来，急得要哭了。

就在这当口，忽听"大弟"一声。这声简直是肝肠欲裂、失魂落魄的呼喊。随后，从左边人群中钻出一人来，正是妈妈。她张大嘴，睁大眼，鬓边那两绺头发直条条耷拉着，显出狼狈与惊恐的神色。她一看见我，却站住了，双腿微微弯曲下来，仿佛要跌在地上。手里那绒花盒儿也捏瘪了。然后，她一下子扑上来把我紧紧抱住，仿佛从五脏里呼出一声：

"我的爷爷，你是不想叫我活了！"

这声音，我现在回想起来还那样清晰。

我终于看见了炮市，它在宫南大街横着的一条胡同里。胡同中有几十个摊儿，这摊儿简直是一个个炮堆。"双响"都是一百个盘成一盘。最大的五百个一盘，像个圆桌面一般大。单说此地人最熟悉的烟火——金人儿，就有十来种。大多是鼓脑门、穿袍拄杖的老寿星，药捻儿在脑顶上。这里的金人高可齐腰，小如拇指。这些炮摊的幌子都是用长长的竹竿挑得高高的一挂挂鞭炮。其中一个大摊，用一根杯口粗的竹竿挑着一挂雷子鞭，这挂大鞭有七八尺，下端几乎擦地，把那竹竿压成弓形。上边粘着一张红纸条，写了"足数万头"四个大字。这是我至今见到的最威风的一挂鞭。不知怎样的人家才能买得起这挂鞭。

为了防止火灾，炮市上绝对不准放炮。故此，这里反而比较清静，再加上这条胡同是南北方向，冬日的朔风呼呼吹过，顿感身凉。像我这样大小的男孩子们见了炮都会像中了魔一样，何况面对着如此壮观的鞭炮的世界，即使冻成冰棍也不肯看几眼就离开的。

"掌柜的，就给我们拿一把'双响'吧！"妈妈和那卖炮的说起话来，"多少钱？"

妈妈给我买炮了。我多么高兴！

我只见她从怀里摸出一个旧手巾包，打开这包儿，又是一个小手绢包儿，手绢包里还有一个快要磨破了的毛头纸包儿，再打开，便是不多的几张票子，几枚铜币。她从这可怜巴巴的一点钱中拿出一部分，交给那卖炮的，冷风吹得她的鬓发扑扑地飘。当她把那把"双响"买来塞到我手中时，我感到这把炮像铁制的一般沉重。

"好吗？孩子！"她笑眯着眼对我说，似乎在等着我高兴的表示。

本来我应该是高兴的，此刻却是另一种硬装出来的高兴。但我看得出，我这高兴的表示使她得到了多么大的满足啊！

六

我就是这样有生以来第一次、令人难忘地逛过了娘娘宫。那天回到家，急着向娘、姐姐和家中其他人，一遍又一遍讲述在娘娘宫的见闻，直说得嘴巴酸疼，待吃过饭，精神就支撑不住，歪在床上，手里抱着妈妈给买的那把"双响"和空竹香香甜甜地睡了。懵懵懂懂间觉得有人拍我的肩头，擦眼一看，妈妈站在床前，头发梳得光光的，身上穿一件平日用屁股压得平平的新蓝布罩衫，臂肘间挎着一个印花的土布小包袱，她的眼睛通红，好像刚哭过，此刻却笑眯着眼看我。原来她要走了！屋里的光线已经变暗了。我这一觉睡得好长啊，几乎错过了与她告别的时刻。

我扯着她的衣襟，送她到了当院。她就要去了，我心里好像塞着一团委屈似的，待她一要走，我就像大河决口一般，索性大哭起来。家里人都来劝我，一边向妈妈打手势，叫她乘机快走，妈妈却抽抽噎噎地对我说：

"妈妈给你买的'双响'呢？你拿一个来，妈妈给你放一个；崩崩邪气，过个好年……"

我拿一个"双响"给她。她把这"双响"放在地上。然后从怀里摸出一盒火柴划着火去点药捻。院里风大，火柴一着就灭，她便划着火柴，双手拢着火苗，凑上前，猫下腰去点药捻。哪知这药捻着得这么快。不知是谁叫了一声"当心！"这话音才落，嗵！嗵！连着两响，烟腾火苗间，妈妈不及躲闪，炮就打在她脸上。她双手紧紧捂住脸。大家吓坏了，以为她炸了眼睛。她慢慢直起身，放下双手，所幸的是没炸坏眼，却把前额崩得一大块黑。我哭了起来。

妈妈拿出块帕子抹抹前额，黑烟抹净，却已鼓出一个栗子大小的硬疙瘩。家里人忙拿来"万金油"给她涂在疙瘩处，那疙瘩便越发显得亮而明显了。妈妈眯着笑眼对我说：

"别哭，孩子，这一下，妈妈身上的晦气也给崩跑了！"

我看得出这是一种勉强的、苦味的笑。

她就这样去了。挎着那小土布包袱、顶着那栗子大小的鼓鼓的疙瘩去了。多年来，这疙瘩一直留在我心上，一想就心疼，挖也挖不掉。

她说她"过了年就回来"，但这一去就没再来。听说她丈夫瞎了双眼，她再不能出来做事了。从此，一面也不得见，音讯也渐渐寥寥。我十五岁那年，正是大年三十，外边鞭炮正响得热闹，屋里却到处能闻到火药燃烧后的香味。家里人忽叫我到院里看一件东西。我打着灯笼去看，挨着院墙根放着一个荆条编的小箩筐。家里人告诉我，这是我妈妈托人从乡下捎给我的。我听了，心儿陡然地跳快了，忙打开筐盖，用灯一照，原来是个又白又肥的大猪头，两扇大耳，粗粗的鼻子，脑门上点了一个枣儿大的红点儿，可爱极了……看到这里，我不觉抬起头来，仰望着在万家灯火的辉映中反而显得黯淡了的寒空，心儿好像一下子从身上飞走，飞啊，飞啊，飞到我那遥远的乡下的老妈妈的身边，扑在她那温暖的怀中，叫着：

"妈妈，妈妈，你可好吗？"

快手刘

　　人人在童年，都是时间的富翁。胡乱挥霍也使不尽。有时待在家里闷得慌，或者父亲嫌我太闹，打发我出去玩玩儿，我就不免要到离家很近的那个街口，去看快手刘变戏法。

　　快手刘是个撂地摆摊卖糖的胖大汉子。他有个随身背着的漆成绿色的小木箱，在哪儿摆摊就把木箱放在哪儿。箱上架一条满是洞眼的横木板，洞眼插着一排排廉价而赤黄的棒糖。他变戏法是为吸引孩子们来买糖。戏法十分简单，俗称"小碗扣球"。一块绢子似的黄布铺在地上，两个白瓷小茶碗，四个滴溜溜的大红玻璃球儿，就这再普通不过的三样道具，却叫他变得神出鬼没。他两只手各拿一个茶碗，你明明看见每个碗下边扣着两个红球儿，你连眼皮都没眨动一下，嘿！四个球儿竟然全都跑到一个茶碗下边去了，难道这球儿是从地下钻过去的？他就这样把两只碗翻来覆去，一边叫天喊地，东指一下手，西吹一口气，好像真有什么看不见的神灵做他的助手，四个小球儿忽来忽去，根本猜不到它们在哪里。这种戏法比舞台上的魔术难变，舞台只一边对着观众；街头上的土戏法，前后左右围着一圈人，人们的视线从四面八方射来，容易看出破绽。有一次，我亲眼瞧见他手指飞快地一动，把一个球儿塞在碗下边扣住，便禁不住大叫：

"在右边那个碗底下哪，我看见了！"

"你看见了？"快手刘明亮的大眼珠子朝我惊奇地一闪，跟着换了一种正经的神气对我说，"不会吧！你可得说准了。猜错就得买我的糖。"

"行！我说准了！"我亲眼所见，所以一口咬定。自信使我的声音非常响亮。

谁知快手刘哈哈一笑，突然把右边的茶碗翻过来。

"瞧吧，在哪儿呢？"

咦，碗下边怎么什么也没有呢？只有碗口压在黄布上一道圆圆的印子。难道球儿穿过黄布钻进左边那个碗下边去了？快手刘好像知道我怎么猜想，伸手又把左边的茶碗掀开，同样什么也没有！球儿都飞了？只见他将两只空碗对口合在一起，举在头顶上，口呼一声："来！"双手一摇茶碗，里面竟然哗哗响，打开碗一看，四个球儿居然又都出现在碗里边。怪，怪，怪！

四边围看的人发出一阵惊讶不已的唏嘘之声。

"怎么样？你输了吧！不过在我这儿输了绝不罚钱，买块糖吃就行了。这糖是纯糖稀熬的，单吃糖也不吃亏。"

我臊得脸皮发烫，在众人的笑声里买了块棒糖，站到人圈后边去。从此我只站在后边看了，再不敢挤到前边去多嘴多舌。他的戏法，在我眼里真是无比神奇了。这也是我童年真正钦佩的一个人。

他那时不过四十多岁吧，正当年壮，精饱神足，肉重肌沉，皓齿红唇，乌黑的眉毛像用毛笔画上去的。他蹲在那里活像一只站着的大白象，一边变戏法，一边卖糖，发亮而外凸的眸子四处流盼，照应八方；满口不住说着逗人的笑话。一双胖胖的手，指肚滚圆，却转动灵活，那四个小球就在这双手里忽隐忽现。我当时有种奇想，他的手好像是双层的，小球时时藏在夹层里。唉唉，孩提时代的念头，现在不会再有了。

这双异常敏捷的手，大概就是他绰号"快手刘"的来历。他也这样称呼自己，以至在我们居住的那一带无人不知他的大名。我童年的许多时光，就是在这最最简单又百看不厌的土戏法里，在这一直也不曾解开的谜阵中，在他这双神奇莫测、令人痴想不已的快手之间消磨的。他给了我多少好奇的快乐呢?

那些伴随着童年的种种人和事，总要随着童年的消逝而远去。我上中学以后就不常见到快手刘了。只是路过那路口时，偶尔碰见他。他依旧那样兴冲冲地变"小碗扣球"，身旁摆着插满棒糖的小绿木箱。此时我已经是懂事的大孩子了，不再会把他的手想象成双层的，却依然看不出半点破绽，身不由己地站在那里，饶有兴致地看了一阵子。我敢说，世界上再好的剧目，哪怕是易卜生和莎士比亚，也不能让我这样成百上千次看个不够。

我上高中是在外地。人一走，留在家乡的童年和少年就像合上的书。往昔美好的故事，亲切的人物，甜醉的情景，就像鲜活的花瓣夹在书页里，再翻开都变成了干枯了的回忆。谁能使过去的一切复活？那去世的外婆，不知去向的挚友，妈妈乌黑的鬈发，久已遗失的那些美丽的书，那跑丢了的绿眼睛的小白猫……还有快手刘。

高中二年级的暑期，我回家度假。一天在离家不远的街口看见十多个孩子围着什么又喊又叫。走近一看，心中怦然一动，竟是快手刘！他依旧卖糖和变戏法，但人已经大变样子。十年不见，他好像度过了二十年，模样接近了老汉。单是身旁摆着的那只木箱，就带些凄然的样子。它破损不堪，黑糊糊，黏腻腻，看不出一点先前那悦目的绿色。横板上插糖的洞孔，多年来给棒糖的竹棍捅大了，插在上边的棒糖东倒西歪。再看他，那肩上、背上、肚子上、臂上的肉都到哪儿去了呢？饱满的曲线没了，衣服下处处凸出尖尖的骨形来；脸盘仿佛小了一圈，眸子无光，更没有当初左顾右盼、流光四射的精神。这双手尤其使我动心——他分明换了一双手！手背上青筋缕缕，污黑的指头上绕着一圈圈皱纹，好像吐尽了丝而皱缩下去的老蚕……于是，当年一切神秘的气氛和绝世的本领都从这双手上消失了。他抓着两只碗口已经碰得破破烂烂的茶碗，笨拙地翻来翻去，那四个小球儿，一会儿没头没脑地撞在碗边上，一会儿从手里掉下来。他的手不灵了！孩子们叫起来："球在那儿呢！""在手里哪！""指头中间夹着哪！"在这喊声里，他一慌张，手就愈不灵，哆哆嗦嗦搞得他自己也不知道球儿都在哪里了。无怪乎四周的看客只是寥寥一些孩子。

"在他手心里，没错！绝没在碗底下！"有个光脑袋的胖小子叫道。

我也清楚地看到，快手刘在扣过茶碗的时候，把地上的球儿取在手中。这动作缓慢迟钝，失误就十分明显。孩子们吵着闹着叫快手刘张开手，快手刘的手却攥得紧紧的，朝孩子们尴尬地掬出笑容。这一笑，满脸皱纹都挤在一起，好像一个皱纸团。他几乎用请求的口气说：

"是在碗里呢！我手里边什么也没有……"

当年神气十足的快手刘哪会用这种口气说话？这些稚气又认真

的孩子偏偏不依不饶，非叫快手刘张开手不可。他哪能张手，手一张开，一切都完了。我真不愿意看见快手刘这一副狼狈的、惶惑的、无措的窘态。多么希望他像当年那次——由于我自作聪明，揭他老底，迫使他亮出一个捉摸不透的绝招。小球突然不翼而飞，呼之即来。如果他再使一下那个绝招，叫这些不知轻重的孩子领略一下名副其实的快手刘而瞠目结舌多好！但他老了，不再会有那花好月圆的岁月年华了。

我走进孩子们中间，手一指快手刘身旁的木箱说：

"你们都说错了，球儿在这箱子上呢！"

孩子们给我这突如其来的话弄得莫名其妙，都瞅那木箱，就在这时，我眼角瞥见快手刘用一种尽可能快的速度把手里的小球塞到碗下边。

"球在哪儿呢？"孩子们问我。

快手刘笑呵呵翻开地上的茶碗说：

"瞧，就在这儿哪！怎么样？你们说错了吧，买块糖吧，这糖是纯糖熬的，单吃糖也不吃亏。"

孩子们给骗住了，不再喊闹。一两个孩子掏钱买糖，其余的一哄而散。随后只剩下我和从窘境中脱出身来的快手刘，我一扭头，他正瞅我。他肯定不认识我。他皱着花白的眉毛，饱经风霜的脸和灰蒙蒙的眸子里充满疑问，显然他不明白，我这个陌生的青年何以要帮他一下。

书架

大凡人们都是先有书，后有书架的；书多了，无处搁放，才造一个架子。我则不然。我仅有十多本书时，就有一个挺大、挺威风、挺华美的书架了。它原先就在走廊贴着墙放着，和人一般高，红木制的，上边有细致的刻花，四条腿裹着厚厚的铜箍。我只知是家里的东西，不知原先是谁用的，而且玻璃拉门一扇也没有了，架上也没有一本书，里边一层层堆的都是杂七杂八什么破布呀、旧竹篮呀、废铁罐呀、空瓶子呀等等，简直就是个杂货架子了。日久天长，还给尘土浓浓地涂了一层灰颜色，谁见了它都躲开走，怕沾脏了衣服，我从来也没想到它会与我有什么关系。只是年年入秋，我把那些大大小小的蟋蟀罐儿一排排摆在上边，起先放在最下边一层，随着身子长高而渐渐一层层向上移。

至于拿它当书架用，倒有一个特别的起因。

那是十一岁时，我到一个同学家里去玩儿，见到这同学的爷爷，一位皓首霜须、精神矍铄、性情豁朗的长者；他的房间里四壁都是书架，几乎瞧不见一块咫尺大小的空墙壁。书架上整整齐齐排满书籍。我感到这房间又神秘又宁静，而且莫测高深。这老爷爷一边轻轻将着老山羊那样一缕梢头翘起的胡须，一边笑嘻嘻地和我说话，

不知为什么，我这张平日挺能说话的嘴巴始终紧紧闭着，不敢轻易
地张开。是不是在这位拥有万卷书的博知的长者面前，任何人都会
自觉轻浅，不敢轻易开口呢？我可弄不清自己那冥顽混沌的少年时
代的心理和想法，反正我回家后，就把走廊那大书架硬拖到我房间
里，擦抹得干干净净，放在小屋最显眼的地方，然后把自己的宝贝
书也都一本紧挨着一本立在上边。瞧，《敏豪生奇遇记》啦，《金银
岛》啦，《说唐》啦，《祖母的故事》啦，《铁木儿和他的伙伴》啦……
一时我觉得自己有点像同学家那老爷爷了，心里有种说不出的快
感。遗憾的是，这些书总共不过十多本，放在书架上，显得可怜巴
巴，好比在一个大院子里只栽上几棵花，看上去又穷酸又空洞。我
就到爷爷妈妈、姐姐妹妹的房间里去搜罗，凡是书籍，不论什么内
容，一把拿来放在我的书架上，惹得他们找不到就来和我吵闹。我
呢，就像小人国的仆役，急于要塞饱格列佛的大肚囊那样，整天费
尽心思和力气到处找书。大概最初我就是为了填满这大书架才去书
店、遛书摊、逛书市的。我没有更多的钱，就把乘车、看电影和买
冰棒的钱都省下来买了书。

　　到底从什么时候开始，我不再为了充实书架而买书，记不得了。
我有过一种感觉：当许许多多好书挤满在书架上，书架就变得次要、
不起色，甚至没什么意义了。我渐渐觉得还有一个硕大无比、永远
也装不满的书架，那就是我自己。

　　此后，我就忙于填满自己——这个"大书架"了。

　　书是无穷无尽的。一本本书就像一个个潮头，一页页书就像一
片片浪花，书上的字便是一颗颗晶莹的水珠。它们汇成了海洋吗？
那么你最多只是站立浪头的弄潮儿而已。大洋深处，有谁到过？有

人买书，总偏于某一类。我却不然。两本内容完全是两个领域的书，看起来毫无关系，就像各处在太平洋和大西洋的两滴水珠，没有任何关联一样，但不知哪一天，出于一种什么机缘和需要，它俩也会倏然地溶成一滴。

这样，我的书就杂了。还有些绝版的、旧版的书，参差地竖立在书架上，它们带着不同时代的不同风韵气息，这一架子书所给我的精神享受也是无穷无尽的了。

一九六六年，正是我那书架的顶板上也堆满书籍时，却给骤然疾来的"红色狂飙"一扫而空。这大概也叫作"物极必反"吧！我被狂热无知的"小将"们逼着把书抱到当院，点火烧掉。那时，我居然还发明了一种焚烧精装书的办法。精装本是硬纸皮，平放烧不着，我就把书一本本立起来，扇状地打开，让一页页纸中间有空气，这样很快地就烧去书芯，剩下一排熏黑的硬书皮立在地上。我这一项发明获得监视我烧书的"小将"的好感，免了一些戴纸帽、挨打和往脸上涂墨水的刑罚。

书架空了，没什么用了，我又把它搬回到走廊上。这时，我已成家，就拿它放盐罐、油瓶、碗筷和小锅。它便变得油腻、污黑、肮脏，重新过起我少年时代之前那种被遗弃一旁的空虚荒废的生活。

有时，我的目光碰到这改做碗架的书架，心儿陡然会感到一阵酸楚与空茫。这感觉，只有那种思念起永别的亲人与挚友的心情才能相比。痛苦在我心里渐渐铸成一个决心：反正今后再不买书了。

生活真能戏弄人，有时好像成心和人较劲，它能改变你的命运，更不会把你的什么"决心"当作一回事。

最近几年，无数崭新的书出现在书店里。每当我站在这些书前，那些再版书就像久别的老朋友向我打招呼；新版书却像一个个新遇见的富于魅力的朋友朝我微笑点首。我竟忍不住取在手中，当手指肚轻轻抚过那光洁的纸面时，另一只手已经不知不觉地伸进口袋，掏出本来打算买袜子、买香烟、买橘子的钱来……

沾上对书的嗜好就甭想改掉。顺从这高贵而美好的嗜好吧！我想。

如今我那书架又用碱水擦净，铺上白纸，摆满油墨芳香四溢的新书，亭亭地立在我的房间里。我爱这一架新书。但我依旧怀念那一架旧书。世界上丢失的东西，有些可以寻找回来，有些却无从寻觅。但被破坏了的好的事物总要重新开始，就像我这书架……

我的"三级跳"

我离开学校进入社会，将近二十年，换了三种职业。先是专业篮球运动员（故此我常说自己是"运动员出身"），而后改为从事绘画，近两年终日捏着笔杆，开始了文学生涯。这好比职业上的"三级跳"，而每一跳都跨进一个全新的领域。这三种职业又都是我热爱的。有的同志对我的经历饶有兴趣，问我怎么从"打球"跳到"画画"，又从"画画"跳到"文学创作"上来的。谈谈这"三级跳"的过程，恐怕能给一些同志有点启发，从中悟到某些道理。

我上小学时就淘气得很。功课勉强过得去，全仗着记忆力强和有些小聪明。兴趣都在课下。那些在孩子们中间一阵阵流行起来的小游戏，像什么砸杏核啦、抓羊拐啦、拍毛片儿啦、捉蟋蟀等，我都予以极浓厚的兴趣。尤其爱玩球和画画。下学铃声一响，就和一群同学飞奔到操场，把书包、帽子往地上一扔，摆个"大门"，一直踢到天黑也不肯回家；有时一脚把球踢远，都不易找到。在课堂上课时，则是我画画最好的时刻。将课本像个小屏风那样立在前边，挡住老师的视线；再从作业本上扯下一页白纸，便开始大画起来。起先是一边听讲一边画。画飞机、大炮、舰队、小人。画得入迷时，嘴里便不自觉地发出枪鸣炮响、小人呼叫的声音。忽然，只听一声呵斥，老师已站在面前，严厉地板着面孔，把我这些心爱的画没收了。记得我小学时的课本从来不是干干净净的；封面、封底和所有空白处都挤满了我想象出来的奇怪而稚气的形象。

这些在课余练就的"本领"总算有用。到了中学，我就成了学校篮球队的队员，还是常常赢得学校里的球迷们掌声的一名主力中锋；同时也是学校美术组的积极分子。寒暑假期里，跟一位私人教画教师学习中国画。高中一年级时，我以一幅题为《夏天》的国画作品参加市里举办的中学生美术展览而获得了奖状和奖品。可惜由于年深日久，这张能够作为纪念的奖状不知何时丢掉了。这时，我又爱上了文学。一个人在少年时代，总有一部分时间生活在幻想里，对万物充满好奇，感情混在热血中，炽烈又易于冲动，因此特别容

易迷恋于诗。许多从事文学工作的人，开始起步时，大都是在日记本上写满一页页不成样的、却是真挚的诗句。于是，在我的小小书桌上，唐宋大诗人们的集子，以及普希金、莱蒙托夫、海涅、拜伦、惠特曼的集子，就把课本埋了起来。我爱那些诗，常常一连半个多小时独自在屋里充满感情地背诵那些诗，也模仿着写了一本又一本诗集，取了些自以为很美和很深奥的名字，自己做插图和封面，自己出书，并把这些自制的诗集和我所崇拜的巨匠的诗作放在一起，引以为快……

想想看，我有那么多爱好，学业自然不大出众。尤其在理工科方面，往往必须补考才能将就够上及格的分数。我在历任的数学教师的眼里，是个缺乏数字概念、不可造就、低能的学生。前不久，我中学时代的一位老师来信说："你给我留下的印象是，爱打球，贪玩儿，画儿画得不错。你挺聪明，但绝不是模范生……"

他说的一点儿也不错。高中毕业后，我被一位有名的篮球教练一眼看上，选入了天津市男子篮球队。这是我"跳"的第一步。

这里没有更多篇幅来尽述我那段时间的迷人和有趣的运动员生活。我虽然渴望能成为一名出色的球手，但不知为什么，始终抛不开书和画。每当周末休假，我就急急渴渴跑回家，脚上穿着球鞋，一双胳膊就架在书桌上，画上整整一天。在我那运动队宿舍床位的枕边，总堆着书。那时球队正采用日本名教练大松博文的大运动量训练。晚间，同屋的经过一天紧张训练的队员们都酣睡了，鼾声如雷；我却捧着一本书，对那些跃动着动人形象的、富于魔力的文学，极力张开疲乏的眼皮……

这时，我已隐隐地感到，打球还不是我最终选定的职业；好像一只暂时小憩花枝上的鸟儿，花儿虽美，香气扑鼻，却还不是它的归宿。

在一场比赛中，我受了伤，离开了球队。这一下，我就跳进了十分喜爱的、渴望已久的绘画中来了。这便是我的第二"跳"。

开始，我在一个画社，从事古画仿制工作。我当初学画时，入手宋代的北宋画法。我摹制的画，大多是宋代画家范宽、刘松年、马远、夏圭等人的作品。由于我对风俗画抱有兴趣，也刻意于酷肖地临摹苏汉臣的《货郎图》和张择端的《清明上河图》。这时我对艺术的兴趣就广泛展开了。人类文化有如广袤无际的天地，各种文学艺术之间息息相通；若在这中间旅行，饱览过一处名胜之后，自然想到另一处有着无穷情趣的千岩万壑遨游一番。由中国画到西洋绘画；由中国文学到外国文学，由古典到现代，由正统艺术到民间艺术，我差不多都涉猎了。而各种文学艺术所独具的艺术美互相不能替代，几乎差不多以同样的魅力磁石般地吸引着我。我深深所喜爱的古今中外的名著和名画，一口气是数不尽的。曾有一段时间，我致力于考察本地的民间艺术的渊源和历史，如风筝、泥塑、砖刻、年画，等等。那时，我的桌上和柜顶便站满了从市郊和外县征集来的泥人泥马。这使我的兴趣深入到对地方风俗和地方史的研究上。我把这些随时得到的体会写成一些小文章，开始在本市的报纸上发表。当一个青年看到自己用心血铸成的文字出现在报刊上，他不仅会得来喜悦、动力和自信，从此笔杆也就要牢牢握在他的手里，不再容易抛掉……

这样，我就再一次感到，绘画仍不是我最好的归宿。我广泛的爱好，我所要表现的，如同一盆水，而绘画对于我却仅仅是一个小小的碗儿。似乎我还要再一次从职业里跳出来。

近十多年的生活，使我一下子了解和熟悉了无数的人。那么多深切的感觉、思想和情感有待于表现。绘画绝不是我最得力的工具，我便毅然从调色盘里拔足而起，落入了文坛，走上了文学创作的道路。

这便是我职业上"三级跳"的简要的全过程。

这样，我就如同一个迷途在外的游子，终于找到了自己的故居；如同游入大海的一条鱼儿，得以自由自在地遨游。对于一个从事文学的人来说，他的全部经历、全部爱好、全部知识，都是有用的，一点儿也不会浪费掉。一部成功的文学作品要囊括进去多么丰富的生活！多么庞杂的生活知识、经验和感受！作者只会常常感到自己生活浅薄，知识狭窄和贫乏，缺陷处很多，需要随时和及时加以补充。

这一点，我深有体会。

我做过运动员。除去这段生活的积累会给我写运动员生活题材的作品提供素材之外，还使我有较好的身体基础。写东西不仅要用脑力，还要有饱满的精力。没有精力，几十万字一贯到底谈何容易！有人以为，写书的人都是弱不禁风的文弱书生，其实不然。手执一支笔，目对空无一字的稿纸，一写十几个小时，长年如此，难道不是全仗着充沛的精力吗？而精力却蕴发自强劲的体力中。因此我现在每天都要早起跑跑步，以保持体力和精力而不衰。

我画过画。绘画锻炼一个人对可视的美的事物的发现力、对形象的记忆力、对于想象和虚构的形象与空间境象具体化的能力。许多善画和精通绘画的作家（如曹雪芹、罗曼·罗兰、萨克雷等）对形象的描写都来得比较容易，得心应手，给人以似可目见的画面感。

而文学的要求之一就是"要立即生出形象"（契诃夫语）。我深感有绘画修养，对写小说帮助可太大了。所以我现在也没有撂下画笔，而在写作之余，时时捉笔来画一画。

我其余那些庞杂的爱好，如地方史啦，地方风俗啦，民间艺术啦，古代文物啦等等，对于我写作，都起着直接与间接的作用。比如我写长篇历史小说《义和拳》和《神灯》时，这些平日所留意而积累下来的知识，都变成创作时极其珍贵而随手拈来的素材了。

我还喜欢音乐。尤爱听钢琴曲和提琴的独奏曲、协奏曲，以及大型交响乐。它们启发我对美的联想，丰富情感，给予我无穷、复杂和深远的境界。各种艺术在本质上都有着许多共同之处。长篇小说很像一部大型交响乐，小说中人物之间的穿插不就同交响乐里各种乐器的配合一样吗？一部书中的繁与疏、张与弛、虚与实、高潮与低潮，与一部乐曲中起伏消长的变化多么相像！在音乐欣赏中，可以悟解到多少文学创作中应该遵循的艺术规律啊！

关于文学与艺术的关系，姐妹艺术修养的必要性等问题，可以另写一大篇文章。这里，我想从自己的"三级跳"引出另外一些话——

从我的经历上放开看，许多人开始从事的工作，并不一定是最适合自己的工作。人的才能是多方面的，有的人在美术上，有的人在运动上，有的人在计算上，有的人在组织能力上；有的人手巧得很，有的人耳朵相当灵敏，有的人口才出众，有的人天生一副动听的金嗓子。但这才能在他的本职工作中往往由于不需要，或用不上，而被埋没，如同一粒深埋在沙砾下的珍珠，未得发光放彩，而业余生活却是一片造就人才的天地。我要对某些同志说，如果你发现自己在某方面的特长和素质时，应当抓紧业余时间，埋头苦干，先在这块天地里干出一番成绩来，我相信你最终会像我这样——跳进自己热爱的职业中。你去看吧！古往今来，大部分专业人才都是从"业余"中产生的。当然这需要一种为了革命的个人奋斗的精神！

对于某些领导同志，切不要把那些在业余时间里抱着一种正当爱好、埋头钻研的人，看作是"不务正业"。否则，便是不恰当的、短视的、狭隘的。在一个突飞猛进向前飞跃的社会里，必然是所有人的才能（各种各样的才能）都得到最大限度的发挥。只有每个人都挥尽自己的血汗与才能，科学才能进步，文化才能繁荣，国家才能富强。

我从绘画跳入文学时，原单位一个领导对我说："我不留你。虽然我也很需要你，但我知道，你去写作，对社会的贡献会更大。"

我听了感动万分，眼睛都潮湿了。文艺工作者的成长和进步，多么需要党的阳光和领导的帮助啊！

邓小平同志在全国第四次文代会《祝辞》中说："必须重视文艺人才的培养。在一个九亿多人口的大国里，杰出的文艺家实在太少了。这种状况，与我们的时代很不相称。我们不仅要从思想上，而且要从工作制度上，创造有利于杰出人才涌现和成长的必要条件。""四人帮"被粉碎后，我们又一次亲身感受到，党坚决贯彻执行"双百方针"，为文艺的发展开拓广阔的天地，无论是老一辈的、青年一代的专业、业余文艺工作者都受到过关怀和培养。因此，每当我回想起自己如何走上文学创作道路时常想，应怎样努力提高自己，不辜负党的培养，永远忠实于生活，为人民服务，为社会主义服务。

第二辑　人生随思

哦，中学时代！

人近中年，常常懊悔青少年时由于贪玩或不明事理，滥用了许多珍贵的时光。想想我的中学时代，我可算是个名副其实的"玩将"呢！下棋、画画、打球、说相声、钓鱼、掏鸟窝等，玩的花样可多哩！

我还喜欢文学。我那时记忆力极好，虽不能"过目成诵"，但一首律诗念两遍就能吭吭巴巴背下来。也许如此，就不肯一字一句细嚼慢咽，所记住的诗歌常常不准确。我还写诗，自己插图，这种事有时上课做。一心不能二用，便听不进老师在讲台上讲些什么了。

我的语文老师姓刘，他的古文底子颇好，要求学生分外严格，而严格的老师往往都是不留情面的。他那双富有捕捉力的目光，能发觉任何一个学生不守纪律的行动。瞧！这一次他发现我了。不等我解释就没收了我的诗集。晚间他把我叫去，将诗集往桌上一拍，并不指责我上课写诗，而是说："你自己看看里边有多少错？这都是不该错的地方，上课我全都讲过了！"

他的神色十分严厉，好像很生气。我不敢再说什么，拿了诗集离去。后来，我带着那本诗集，也就是那些对文学浓浓的兴趣和经不住推敲的知识离开学校，走进社会。

社会给了我更多的知识。但我时时觉得，我离不开、甚至必须经常使用青少年时学到的知识，由此感到那知识贫薄、残缺、有限。有时，在严厉的编辑挑出来的许许多多的错别字、病句或误用的标点符号时，只好窘笑。一次，我写了篇文章，引了一首古诗，我自以为记性颇好，没有核对原诗，结果收到一封读者客气又认真的来信，指出错处。我知道，不是自己的记性差了，而是当初记得不认真。这时我就生出一种懊悔的心情。恨不得重新回到中学时代，回到不留情面的刘老师身边，在那个时光充裕、头脑敏捷的年岁里，纠正记忆中所有的错误，填满知识的空白处。把那些由于贪玩而荒废掉的时光，都变成学习和刻苦努力的时光。哦，中学时代，多好的时代！当然，这是一种梦想。谁也不能回到过去。只有抓住自己的今天，自己的现在，才是最现实的。而且我还深深地认识到，青年时以为自己光阴无限，很少有时间的紧迫感。如果你正当年少，趁着时光正在煌煌而亲热地围绕着你，你就要牢牢抓住它。那么，你就有可能把这时光变成希望的一切。如果这样做了，你长大不仅会做出一番成就，而且会成为一个真正懂得生命价值的人！

我最初的人生思索

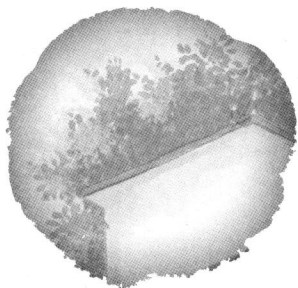

大概是我九岁那年的晚秋，因为穿着很薄的衣服在院里跑着玩，跑得一身汗，又站在胡同口去看一个疯子，拍了风，病倒了。病得还不轻呢！面颊烧得火辣辣的，脑袋晃晃悠悠，不想吃东西，怕光，尤其受不住别人嗡嗡出声地说话……

妈妈就在外屋给我架一张床，床前的茶几上摆了几瓶味苦难吃的药，还有与其恰恰相反，挺好吃的甜点心和一些很大的梨。妈妈用手绢遮在灯罩上，嗯，真好！灯光细密的针芒再也不来逼刺我的眼睛了，同时把一些奇形怪状的影子映在四壁上。为什么精神颓萎的人竟贪享一般地感到昏暗才舒服呢？

我和妈妈住的那间房有扇门通着。该入睡时，妈妈披一条薄毯来问我还难受不？想吃什么？然后，她低下身来，用她很凉的前额抵一抵我的头，那垂下来的毯边的丝穗弄得我的肩膀怪痒的。"还有点烧，谢天谢地，好多了……"她说。在半明半暗的灯光里，妈妈朦胧而温柔的脸上现出爱抚和舒心的微笑。

最后，她扶我吃了药，给我盖了被子，就回屋去睡了。只剩下我自己了。

我一时睡不着，便胡思乱想起来。总想编个故事解解闷，但脑子里乱得很，好像一团乱线，抽不出一个可以清晰地思索下去的线头。白天留下的印象搅成一团：那个疯子可笑和可怕的样子总缠着我，不想不行；还有追猫呀，大笑呀，死蜻蜓呀，然后是哥哥打我，挨骂了，呕吐了，又是挨骂；鸡蛋汤冒着热气儿……穿白大褂的那个老头，拿着一个连在耳朵上的冰凉的小铁疙瘩，一个劲儿地在我胸脯上乱摁；后来我觉得脑子完全混乱，不听使唤，便什么也不去想，渐渐感到眼皮很重，昏沉沉中，觉得茶几上几只黄色的梨特别刺眼，灯光也讨厌得很，昏暗、无聊、没用，呆呆地照着。睡觉吧，我伸手把灯闭了。

黑了！霎时间好像一切都看不见了。怎么这么安静、这么舒服呀……

跟着，月光好像刚才一直在窗外窥探，此刻从没拉严的窗帘的缝隙里钻了进来，碰到药瓶上、瓷盘上、铜门把手上，散发出淡淡发蓝的幽光。远处一家作坊的机器有节奏地响着，不一会儿也停下来了。偶尔，从很远很远的地方传来货轮的鸣笛声，声音沉闷而悠长……

灯光怎么使生活显得这么狭小，它只照亮身边；而夜，黑黑的，却顿时把天地变得如此广阔、无限深长呢？

我那个年龄并不懂得这些。思索只是简单、即时和短距离的；忧愁和烦恼还从未有乘着夜静和孤独悄悄爬进我的心里。我只觉得这黑夜中的天地神秘极了，浑然一体，深不可测，浩无际涯；我呢，这么小，无依无靠，孤孤单单；这黑洞洞的世界仿佛要吞掉我似的。这时，我感到身下的床没了，屋子没了，地面也没了，四处皆空，一切都无影无踪；自己恍惚悬在天上了，躺在软绵绵的云彩上……

周围那样旷阔，一片无穷无尽的透明的乌蓝色。这云也是乌蓝乌蓝的；远远近近还忽隐忽现地闪烁着星星般五光十色的亮点儿……

这天究竟有多大，它总得有个尽头呀！哪里是边？那个边的外面是什么？又有多大？再外边……难道它竟无边无际吗？相比之下，我们多么小。我们又是谁？这么活着，喘气，眨眼，我到底是谁呀！

我伸手摸摸自己的脸、鼻子、嘴唇，觉得陌生又离奇，挺怪似的……这究竟是怎么回事？

我是从哪儿来的？从前我在哪里？什么样子？我怎么成为现在这个我的？将来又怎么样？长大，像爸爸那么高，做事……再大，最后呢？老了，老了以后呢？这时我想起妈妈说过的一句话："谁都得老，都得死的。"

死？这是个多么熟悉的字眼呀！怎么以前我就从来没想过它意味着什么呢？死究竟意味着什么？像爷爷，像从前门口卖糖葫芦那个老婆婆，闭上眼，不能说话，一动不动，好似睡着了一样。可是大家哭得那么伤心。到底还是把他们埋在地下了。为什么要把他们埋起来？他们不就永远也不能说话，也不能动，永远躺在厚厚的土地下了？难道就因为他们死了吗？忽然，我感到一阵死的神秘、阴冷和可怕，觉得周身就仿佛散出凉气来。

于是，哥哥那本没皮儿的画报里脸上长毛的那个怪物出现了，跟着是白天那只死蜻蜓，随时想起来都吓人的鬼故事；跟着，胡同口的那个疯子朝我走来了……黑暗中，出现许多爷爷那样的眼睛，大大小小，紧闭着，眼皮还在鬼鬼祟祟地颤动着，好像要突然睁开，瞪起怕人的眼珠儿来……

我害怕了，已从将要入睡的懵懂中完全清醒过来了。我想——将来，我也要死的，也会被人埋在地下，这世界就不再有我了。我也就再不能像现在这样踢球呀，做游戏呀，捉蟋蟀呀，看马戏时吃那种特别酸的红果片呀……还有时去舅舅家看那个总关得严严实实的迷人的大黑柜，逗那条瘸腿狗，到那乱七八糟、杂物堆积的后院去翻找"宝贝"……而且再也不能"过年"了，那样地熬夜、拜年、放烟火、攒压岁钱；表哥把点着的鞭炮扔进鸡窝去，吓得鸡像鸟儿一样飞到半空中，乐得我喘不过气来；我们还瞒着妈妈去野坑边钓鱼，钓来一条又黄又丑的大鱼，给馋嘴的猫咪饱餐了一顿；下雨的晚上，和表哥躺在被窝里，看窗外打着亮闪，响着大雷……活着有多少快活的事，死了就完了。那时，表哥呢？妹妹呢？爸爸妈妈呢？他们都会死吗？他们知道吗？怎么也不害怕呀！我们能够不死吗？活着有多好！大家都好好活着，谁也不死。可是，可是不行啊……"谁都得老，都得死的。"死，这时就像拥有无限威力似的，而且严酷无情。在它面前，我那么无力，哀求也没用，大家都一样，只有顺从，听摆布，等着它最终的来临……想到这里，尤其是想到妈妈，我的心简直冷得发抖。

妈妈将来也会死吗？她比我大，会先老，先死的。她就再不能爱我了，不能像现在这样，脸挨着脸，搂我，亲我……她的笑，她的声音，她柔软而暖和的手，她整个人，在将来某一天就会一下子永远消失了吗？她会有多少话想说，却不能说，我也就永远无法听到了；她再也看不见我，我的一切她也不再会知道。如果那时我有话要告诉她呢？到哪儿去找她？她也得被埋在地下吗？土地，坚硬、潮湿、冷冰冰的……我真怕极了。先是伤心、难过、流泪，而后愈想愈加心虚害怕，急得蹬起被子来。趁妈妈活着的时光，我要赶紧爱她，听她的话，不惹她生气，只做让大家和妈妈高兴的事。哪怕她还骂我，我也要爱她，快爱，多爱；我就要起来跑到她房里，紧紧搂住她……

四周黑极了，这一切太怕人了。我要拉开灯，但抓不着灯线，慌乱的手碰到茶几上的药瓶。我便失声哭叫起来："妈妈，妈妈……"

灯忽然亮了。妈妈就站在床前。她莫名其妙地看着我："怎么，做噩梦了？别怕……孩子，别怕。"

她俯身又用前额抵一抵我的头。这回她的前额不凉，反而挺热的了。"好了，烧退了。"她宽心而温柔地笑着。

刚才的恐怖感还没离开我。这是怎么回事？我茫然地望着她，有种异样的感觉。一时，我很冲动，要去拥抱她，但只微微挺起胸脯，脑袋却像灌了铅似的沉重，刚刚离开枕头，又坠倒在床上。

"做什么？你刚好，当心再着凉。"她说着便坐在我床边，紧挨着我，安静地望着我，一直在微笑，并用她暖和的手抚弄我的脸颊和头发。"你刚才是不是做噩梦了？听你喊的声音好大哪！"

"不是，……我想了……将来，不，我……"我想把刚才所想的事情告诉给妈妈，但不知为什么，竟然无法说出来。是不是担心说出来，她知道后也要害怕的。那是件多么可怕的事啊！

"得了，别说了，疯了一天了，快睡吧！明天病就全好了……"

昏暗的灯光静静地照着床前的药瓶、点心和黄色的梨，照着妈妈无言而含笑的脸。她拉着我的手，我便不由得把她的手握得紧紧的……

我再不敢想那些可怕又莫解的事了。但愿世界上根本没有那种事。

栖息在邻院大树上的乌鸦不知为何缘故，含糊不清地咕囔一阵子，又静下去了。被月光照得微明的窗帘上走过一只猫的影子。渐渐地，一切都静止了，模糊了，淡远了，融化了，变成一团无形的、流动的、软软而弥漫的烟。我不知不觉便睡着了。

一个深奥而难解的谜，从那个夜晚便悄悄留存在我的心里。后来我才知道，这是我最初在思索人生。

夕照透入书房

我常常在黄昏时分，坐在书房里，享受夕照穿窗而入带来的那一种异样的神奇。

此刻，书房已经暗下来。到处堆放的书籍文稿以及艺术品重重叠叠地隐没在阴影里。

暮时的阳光，已经失去了白日里的咄咄逼人；它变得很温和，很红，好像一种橘色的灯光，不管什么东西给它一照，全都分外美丽。首先是窗台上那盆已经衰败的藤草，此刻像镀了金一样，蓬勃发光；跟着是书桌上的玻璃灯罩，亮闪闪的，仿佛打开了灯；然后，这一大片橙色的夕照带着窗棂和外边的树影，斑斑驳驳投射在东墙那边一排大书架上。阴影的地方书皆晦暗，光照的地方连书脊上的文字也看得异常分明。《傅雷文集》的书名是烫金的，金灿灿放着光芒，好像在骄傲地说："我可以永存。"

怎样的事物才能真正地永存？阿房宫和华清池都已片瓦不留，李杜的名句和老庄的格言却一字不误地镌刻在每个华人的心里。世上延绵最久的还是非物质的——思想与精神。能够准确地记录思想的只有文字。所以说，文字是我们的生命。

当夕阳移到我的桌面上，每件案头物品都变得妙不可言。一尊苏格拉底的小雕像隐在暗中，一束细细的光芒从一丛笔杆的缝隙中穿过，停在他的嘴唇之间，似乎想撬开他的嘴巴，听一听这位古希腊的哲人对如今这个混沌而荒谬的商品世界的醒世之言。但他口含夕阳，紧闭着嘴巴，一声不吭。

昨天的哲人只能解释昨天，今天的答案还得来自今人。这样说来，一声不吭的原来是我们自己。

陈放在桌上的一块四方的镇尺最是离奇。这个镇尺是朋友赠送给我的。它是一块纯净的无色玻璃，一条弯着尾巴的小银鱼被铸在玻璃中央。当阳光切入，玻璃非但没有反光，反而由于纯度过高而消失了，只有那银光闪闪的小鱼悬在空中，无所依傍。它瞪圆眼睛，似乎也感到了一种匪夷所思。

一只蚂蚁从阴影里爬出来，它走到桌面一块阳光前，迟疑不前，几次刚把脑袋伸进夕阳里，又赶紧缩回来。它究竟畏惧这奇异的光明，还是习惯了黑暗？黑暗总是给人一半恐惧，一半安全。

人在黑暗外边感到恐惧，在黑暗里边反倒觉得安全。

夕阳的生命是有限的。它在天边一点点沉落下去，它的光却在我的书房里渐渐升高。短暂的夕照大概知道自己大限在即，它最后抛给人间的光芒最依恋也最夺目。此时，连我的书房的空气也是金红的。定睛细看，空气里浮动的尘埃竟然被它照亮。这些小得肉眼刚刚能看见的颗粒竟被夕阳照得极亮极美，它们在半空中自由、无声和缓缓地游弋着，好像徜徉在宇宙里的星辰。这是唯夕阳才能创造的境象——它能使最平凡的事物变得无比神奇。

在日落前的一瞬，夕阳残照已经挪到我书架最上边的一格。满室皆暗，只有书架上边无限明媚。那里摆着一只河北省白沟的泥公鸡。雪白的身子，彩色的翅膀，特大的黑眼睛，威武又神气。这个北方著名的泥玩具之乡，至少有千年的历史，但如今这里已经变为日用小商品的集散地，昔日那些浑朴又迷人的泥狗泥鸡泥人全都了无踪影。可是此刻，这个幸存下来的泥公鸡，不知何故，对着行将熄灭的夕阳张嘴大叫。我的心已经听到它凄厉的哀鸣。这叫声似乎也感动了夕阳。一瞬间，高高站在书架上端的泥公鸡竟被这最后的阳光照耀得夺目和通红，好似燃烧了起来。

秋天的音乐

你每次上路出远门千万别忘记带上音乐，只要耳朵里有音乐，你一路上对景物的感受就全然变了。它不再是远远待在那里、无动于衷的样子，在音乐撩拨你心灵的同时，也把窗外的景物调弄得易感而动情。你被种种旋律和音响唤起的丰富的内心情绪，这些景物也全部神会地感应到了，它还随着你的情绪奇妙地进行自我再造。你振作它雄浑，你宁静它温存，你伤感它忧患，也许同时还给你加上一点人生甜蜜的慰藉，这是真正知友心神相融的交谈……河湾、山脚、烟光、云影、一草一木，所有细节都浓浓浸透你随同音乐而流动的情感，甚至一切都在为你变形，一幅幅不断变换地呈现出你心灵深处的画面。它使你一下子看到了久藏心底那些不具体、不成形、朦胧模糊或被时间湮没了的感受，于是你更深深坠入被感动的漩涡里，享受这画面、音乐和自己灵魂三者融为一体的特殊感受……

秋天十月，我松松垮垮套上一件粗线毛衣，背个大挎包，去往东北最北部的大兴安岭。赶往火车站的路上，忽然发觉只带了录音机，却把音乐磁带忘记在家，恰巧路过一个朋友的住处，他是音乐迷，便跑进去向他借。他给我一盘说是新翻录的，都是"背景音乐"。我问他这是什么曲子，他怔了怔，看我一眼说：

"秋天的音乐。"

他多半随意一说，搪塞我。这曲名，也许是他看到我被秋风吹得松散飘扬的头发，灵机一动得来的。

火车一出山海关，我便戴上耳机听起这秋天的音乐。开端的旋律似乎熟悉，没等我怀疑它是不是真正地描述秋天，下巴发懒地一蹭粗软的毛衣领口；两只手搓一搓，让干燥的凉手背给湿润的热手心舒服地摩擦摩擦，整个身心就进入秋天才有的一种异样温暖甜醉的感受里了。

我把脸颊贴在窗玻璃上，挺凉，带着享受的渴望往车窗外望去，秋天的大自然展开一片辉煌灿烂的景象。阳光像钢琴明亮的音色洒在这收割过的田野上，整个大地像生过婴儿的母亲，幸福地舒展在开阔的晴空下，躺着，丰满而柔韧的躯体！从麦茬里裸露出浓厚的红褐色是大地母亲健壮的肤色；所有树林都在炎夏的竞争中把自己的精力膨胀到头，此刻自在自如地伸展它优美的枝条；所有金色的叶子都是它的果实，一任秋风翻动，煌煌夸耀着秋天的富有。真正的富有感，是属于创造者的；真正的创造者，才有这种潇洒而悠然的风度……一只鸟儿随着一个轻扬的小提琴旋律腾空飞起，它把我引向无穷纯净的天空。任何情绪一入天空便化为一片博大的安寂。这愈看愈大的天空犹如伟大哲人恢弘的头颅，白云是他的思想。有时风云交汇，会闪出一道智慧的灵光，响起一句警示世人的哲理。此时，哲人也累了，沉浸在秋天的松弛里。它高远，平和，神秘无限。大大小小、松松散散的云彩是他思想的片断，而片断才是最美的，无论思想还是情感……这千形万状精美的片断伴同空灵的音响，在我眼前流过，还在阳光里洁白耀眼。那乘着小提琴旋律的鸟儿一直钻向云天，愈高愈小，最后变成一个极小的黑点儿，忽然"噗"地扎入一个巨大、蓬松、发亮的云团……

我陡然想起一句话：

"我一扑向你，就感到无限温柔啊。"

我还想起我的一句话：

"我睡在你的梦里。"

那是一个清明的早晨，在实实在在酣睡一夜醒来时，正好看见枕旁你朦胧的、散发着香气的脸说的。你笑了，就像荷塘里、雨里、雾里悄然张开的一朵淡淡的花。

接下去的温情和弦，带来一片疏淡的田园风景。秋天消解了大地的绿，用它中性的调子，把一切色泽调匀。和谐又高贵，平稳又舒畅，只有收获过了的秋天才能这样静谧安详。几座闪闪发光的麦秸垛，一缕银蓝色半透明的炊烟，这儿一棵那儿一棵怡然自得站在平原上的树，这儿一只那儿一只慢吞吞吃草的杂色的牛。在弦乐的烘托中，我心底渐渐浮起一张又静又美的脸。我曾经用吻，像画家用笔那样勾勒过这张脸：轮廓、眉毛、眼睛、嘴唇……这样的勾画异常奇妙，无形却深刻地记住。你嘴角的小窝、颤动的睫毛、鼓脑门和尖俏下巴上那极小而光洁的平面……近景从眼前疾掠而过，远景跟着我缓缓向前，大地像唱片慢慢旋转，耳朵里不绝地响着这曲人间牧歌。

一株垂死的老树一点点走进这巨大唱片的中间来。它的根像唱针，在大自然深处划出一支忧伤的曲调。心中的光线和风景的光线一同转暗，即使一湾河水强烈的反光，也清冷，也刺目，也凄凉。一切阴影都化为行将垂暮秋天的愁绪；萧疏的万物失去往日共荣的激情，各自挽着生命的孤单；篱笆后一朵迟开的小葵花，像你告别时在人群中伸出的最后一次招手，跟着被轰隆隆前奔的列车甩到后边……春的萌动、战栗、骚乱，夏的喧闹、蓬勃、繁华，全都销匿而去，无可挽回。不管它曾经怎样辉煌，怎样骄傲，怎样光芒四射，怎样自豪地挥霍自己的精力与才华，毕竟过往不复。人生是一次性的；生命以时间为载体，这就决定人类以死亡为结局的必然悲剧。谁能把昨天和前天追回来，哪怕再经受一次痛苦的诀别也是幸福，还有那做过许多傻事的童年，年轻的母亲和初恋的梦，都与这老了的秋天去之遥远了。一种浓重的忧伤混同音乐漫无边际地散开，渲染着满目风光。我忽然想喊，想叫这列车停住，倒回去！

突然，一条大道纵向冲出去，黄昏中它闪闪发光，如同一支号角嘹亮吹响，声音唤来一大片拔地而起的森林，像一支金灿灿的铜管乐队，奏着庄严的乐曲走进视野。来不及分清这是音乐还是画面变换的缘故，心境陡然一变，刚刚的忧愁一扫而光。当浓林深处一棵棵依然葱绿的幼树晃过，我忽然醒悟，秋天的凋谢全是假象！

它不过在寒风来临之前把生命掩藏起来，把绿意埋在地下，在冬日的雪被下积蓄与浓缩，等待下一个春天里，再一次加倍地挥洒与铺张！远远山坡上，坟茔，在夕照里像一堆火，神奇又神秘，它哪里是埋葬的一具尸体或一个孤魂？既然每个生命都在创造了另一个生命后离去，什么叫作死亡？死亡，不仅仅是一种生命的转换、旋律的变化、画面的更迭吗？那么世间还有什么比死亡更庄严、更神圣、更迷人！为了再生而奉献自己的伟大的死亡啊……

秋天的音乐已如圣殿的声音；这壮美崇高的轰响，把我全部身心都裹住、都净化了。我惊奇地感觉自己像玻璃一样透明。

　　这时，忽见对面坐着两位老人，正在亲密交谈。残阳把他俩的脸晒得好红，条条皱纹都像画上去的那么清楚。人生的秋天！他们把自己的青春年华、所有精力为这世界付出，连同头发里的色素也将耗尽，那满头银丝不是人间最值得珍惜的吗？我瞧着他俩相互凑近、轻轻谈话的样子，不觉生出满心的爱来，真想对他俩说些美好的话。我摘下耳机，未及开口，却听他们正议论关于单位里上级和下级的事，哪个连着哪个，哪个与哪个明争暗斗，哪个可靠和哪个更不可靠，哪个是后患而必须……我惊呆了，以致再不能听下去，赶快重新戴上耳机，打开音乐，再听，再放眼窗外的景物。奇怪！这一次，秋天的音乐，那些感觉，全没了。

　　"艺术原本是欺骗人生的。"

　　在我返回家，把这盘录音带送还给我那朋友时，把这话告诉他。他不知道我为何得到这样的结论，我也不知道他为何对我说："艺术其实是安慰人生的。"

大地震给我留下什么？

在我私人的藏品中，有一个发黄而旧黯的信封，里面装着十几张大地震后化为废墟的照片，那曾是我的"家"；还有一页大地震当天的日历，薄薄的白纸上印着漆黑的字：1976 年 7 月 28 日。后边我再说这页日历和那些照片是怎么来的。现在只想说，每次打开这信封，我的心都会变得异样。

变得怎么异样？是过于沉重吗？是曾经的一种绝望又袭上心头吗？记得一位朋友知道我地震中家覆灭的经历，便问我："你有没有想到过死？哪怕一闪念？"我看了他一眼。显然这位朋友没有经历过大地震——这种突然的大难降临是何感受。

如果说绝望，那只是地震猛烈地摇晃 40 秒钟的时间里。这次大地震的时间实在太长了。后来我楼下的邻居说，整个地动山摇的过程中我一直在喊，叫得很惨，像是在嚎，但我不知道自己在叫。

当时由于天气闷热，我睡在阁楼的地板上。在我被突如其来的狂跳的地面猛烈弹起的一瞬，完全出于本能扑向睡在小铁床上的儿子。我刚刚把儿子拉起来，小铁床的上半部就被一堆塌落的砖块压下去。如果我的动作慢一点，后果不堪设想。我紧抱着儿子，试图翻过身把他压在身下，但已经没有可能。小铁床像大风大浪中的小船那般癫狂。屋顶老朽的木架发出嘎吱嘎吱可怕的巨响，顶上的砖瓦大雨一般落入屋中。我亲眼看见北边的山墙连同窗户像一面大帆飞落到深深的后胡同里。闪电般的地光照亮我房后那片老楼，它们全在狂抖，冒着烟土，声音震耳欲聋。然而，大地发疯似的摇晃不停，好像根本停不下来了，就像当时的"文革"。我感到我的楼房马上塌掉。睡在过道上的妻子此刻不知在哪里，我听不到她的呼叫。我感到儿子的双手死死地抓着我的肩背。那一刻，我感到了末日。

但就在这时，大地戛然而止，好像列车的急刹车。这一瞬的感觉极其奇妙，恐怖的一切突然消失，整个世界特别漆黑而且没有声音。我赶紧踹开盖在腿上的砖块跳下床，呼喊妻子。我听到了她的应答。原来她就在房门的门框下，趴在那里，门框保护了她。我忽然感到浑身热血沸腾，就像从地狱里逃出来，第一次强烈地充满再生的快感和求生的渴望。我大声叫着："快逃出去！"我怕地震再次袭来！

过道的楼顶已经塌下来。楼梯被柁架、檩木和乱砖塞住。我们拼力扒开一个出口，像老鼠那样钻出去，并迅速逃出这座只要再一震就可能垮掉的老楼。待跑出胡同，看到黑糊糊的街上全是惊魂未定而到处乱跑的人。许多人半裸着。他们也都是从死神手缝里侥幸的生还者。我抱着儿子，与妻子跑到街口一个开阔地，看看四周没有高楼和电线杆，比较安全，便从一家副食店门口拉来一个菜筐，反扣过来，叫妻儿坐在上边，便说："你们千万别走开，我去看看咱们两家的人。"

我跑回家去找自行车。邻居见我没有外裤，便给我一条带背带的工作裤。我腿长，裤子太短，两条腿露在外边。这时候什么也顾不得了，活着就是一切。我跨上车，去看父母与岳父岳母。车子拐到后街上，才知道这次地震的凶厉。窄窄的街面已经被地震扭曲变形，波浪般一起一伏，一些树木和电线杆横在街上，仿佛刚遭遇炮火的轰击。电全部中断，街两边漆黑的楼里发着呼叫。多亏昨晚我睡觉前没有摘下手表，抬起手腕看看表，大约是凌晨四时半。

幸好父母与岳父岳母都住在一楼，房子没坏，人都平安，他们都已经逃到比较宽阔的街上。待安顿好长辈，回到家时，已是清晨。见到妻子才彼此发现，我们的脸和胳膊全是黑的。原来地震时从屋顶落下来的陈年的灰尘，全落在脸上和身上。我将妻儿先送到一位朋友家。这家的主妇是妻子小学时的老师，与我们关系甚好。这便又急匆匆跨上车，去看我的朋友们。

从清晨直到下午四时，一连去了十六家。都是平日要好的朋友。在"文革"那种清贫和苍白的日子，朋友是最重要的心灵财富了。此时相互看望，目的很简单，就是看人出没出事，只要人平安，谢天谢地，打个照面转身便走。我的朋友们都还算幸运，只有一位画画的朋友后腰被砸伤，其他人全都逃过这一劫。一路上，看到不少尸首身上盖一块被单停放在道边，我已经搞不清自己到底是怎样还活在这世上的。中午骑车在道上，我被一些穿白大褂的人拦住，他们是来自医院的志愿者，正忙着在街头设立救护站。经他们告诉，我才知道自己的双腿都被砸伤。有的地方还在淌血。护士给我消毒后涂上紫药水，双腿花花的，看上去很像个挂了彩的伤员。这样，在路上再遇到的朋友和熟人，得知我的家已经完了，都毫不犹豫地从口袋掏出钱来。若是不要是不可能的！他们硬把钱塞到我借穿的那件工作服胸前的小口袋里。那时的人钱很少，有的一两块，多的三五块。我的朋友多，胸前的钱塞得愈来愈鼓。大地震后这天奇热，跑了一天，满身的汗，下午回来时塞在口袋里的钱便紧紧粘成一个硬邦邦拳头大的球儿。掏出来掰开，和妻子数一数，竟是 71 元，整个"文革"十年我从来没有这么巨大的收入。我被深深地打动！当时谁给了我几块钱，我都记得清清楚楚；现在事过三十年，已经记不清是哪些人，还有那些名字，却记得人间真正的财富是什么，而且这财富藏在哪里？究竟什么时候它才会出现。

画家尼玛泽仁曾经对我说：在西藏那块土地上，人生存起来太艰难了。它贫瘠、缺氧、闭塞。但藏民靠着什么坚韧地活下来的呢？靠着一种精神，靠着信仰与心灵。

个人对信念的恪守和彼此间心灵的抚慰。

大地震是"文革"终结前最后的一场灾难。它在人祸中加入天灾，把人们无情地推向深渊的极致。然而，支撑着我们生活下来的，不正是一种对春天回归的向往、求生的本能以及人间相互的扶持与慰藉吗？在我本人几十年种种困苦与艰难中，不是总有一只又一只热乎乎、有力的手不期而至地伸到眼前？

我相信，真正的冰冷在世上，真正的温暖在人间。

大地震的第三天，我鼓起勇气，冒着频频不绝的余震，爬上我家那座危楼。我惊奇地发现，隔壁巨大而沉重的烟囱竟在我的屋子中央，它到底是怎样飞进来的？然而我首先要做的，不是找寻衣物。我已经历了两次一无所有。一次是"文革"的扫地出门，一次是这次大地震。我对财物有种轻蔑感。此刻，我只是举着一台借来的海鸥牌相机，把所有真实的景象全部记录下来。此时，忽见一堵残墙上还垂挂着一本日历。日历那页正是地震的日子。我把它扯下来，一直珍存到今天。

　　我要留住这一天。人生有些日子要设法留住的。因为在这种日子里，总是在失去很多东西的同时，得到的却更多——关键是我们是否能够看到。如果看到了它，就会被它更正对人生的看法并因之受益于一生。

灵魂的巢

　　对于一些作家，故乡只属于自己的童年；它是自己生命的巢，生命在那里诞生；一旦长大后羽毛丰满，它就远走高飞。但我却不然，我从来没有离开过自己的家乡。我太熟悉一次次从天南海北、甚至远涉重洋旅行归来而返回故土的那种感觉了。只要在高速路上看到"天津"的路牌，或者听到航空小姐说出它的名字，心中便充溢着一种踏实，一种温情，一种彻底的放松。

　　我喜欢在夜间回家，远远看到家中亮着灯的窗子，一点点愈来愈近。一次一位生活杂志的记者要我为"家庭"下一个定义。我马上想到这个亮灯的窗子，柔和的光从纱帘中透出，静谧而安详。我不禁说："家庭是世界上唯一可以不设防的地方。"

　　我的故乡给了我的一切。

　　父母、家庭、孩子、知己和人间不能忘怀的种种情谊。我的一切都是从这里开始。无论是咿咿呀呀地学话还是一部部数十万字或数十万字的作品的写作；无论是梦幻般的初恋还是步入茫茫如大海的社会。当然，它也给我人生的另一面，那便是挫折、穷困、冷遇与折磨，以及意外的灾难，比如抄家和大地震，都像利斧一样，至今在我心底留下了永难平复的伤痕。我在这个城市里搬过至少十次家。有时真的像老鼠那样被人一边喊打一边轰赶。我还有过一次非常短暂的神经错乱，但如有神助一般地被不可思议地纠正回来。在很多年的生活中，我都把多一角钱肉馅的晚饭当作美餐，把那些帮我说几句好话的人认作贵人。然而，就是在这样的困境中，我触到了人生的真谛，从中掂出种种情义的分量，也看透了某些脸后边的另一张脸。我们总说生活不会亏待人。那是说当生活把无边的严寒铺盖在你身上时，一定还会给你一根火柴。就看你识不识货，是否能够把它擦着，烘暖和照亮自己的心。

写到这里，很担心我把命运和生活强加给自己的那些不幸，错怪是故乡给我的。我明白，在那个灾难没有死角的时代，即使我生活在任何城市，都同样会经受这一切。因为我相信阿·托尔斯泰那句话，在我们拿起笔之前，一定要在火里烧三次，血水里泡三次，碱水里煮三次。只有到了人间的底层才会懂得，唯生活解释的概念才是最可信的。

然而，不管生活是怎样的滋味，当它消逝之后，全部都悄无声息地留在这城市中了。因为我的许多温情的故事是裹在海河的风里的；我挨批挨斗就在五大道上。一处街角，一个桥头，一株弯曲的老树，都会唤醒我的记忆，使我陡然"看见"昨日的影像，它常常叫我骄傲地感觉到自己拥有那么丰富又深厚的人生。而我的人生全装在这个巨大的城市里。

更何况，这城市的数百万人，还有我们无数的先辈的人，也都把他们的人生故事书写在这座城市中了。一座城市怎么会有如此磅礴的承载与记忆？别忘了——城市还有它自身非凡的经历与遭遇呢！

最使我痴迷的还是它的性格。这性格一半外化在它形态上，一半潜在它地域的气质里。这后一半好像不容易看见，它深刻地存在于此地人的共性中。城市的个性是当地的人一代代无意中塑造出来的。可是，城市的性格一旦形成，就会反过来同化这个城市的每一个人。我身上有哪些东西来自这个城市的文化，孰好孰坏？优根劣根？我说不好。我却感到我和这个城市的人们浑然一体，我和他们气息相投，相互心领神会，有时甚至不需要语言交流。我相信，对于自己的家乡就像对你真爱的人，一定不只是爱它的优点。或者说，当你连它的缺点都觉得可爱时——它才是你真爱的人，才是你的故乡。

一次，在法国，我和妻子南下去到马赛。中国驻马赛的领事对我说，这儿有位姓屈的先生，是天津人，听说我来了，非要开车带我到处跑一跑。待与屈先生一见，情不自禁说出两三句天津话，顿时一股子唯津门才有的热烈与义气劲儿扑入心头。屈先生一踩油门，便从普罗旺斯一直跑到西班牙的巴塞罗那。一路上，说的尽是家乡的新闻与旧闻，奇人趣事，直说得浑身热辣辣，五体流畅，上千公里的漫长的路竟全然不觉。到底是什么东西使我们如此亲热与忘情？

家乡把它怀抱里的每个人都养育成自己的儿女。它哺育我的不仅是海河蔚蓝色的水和亮晶晶的小站稻米，更是它斑斓又独异的文化。它把我们改造为同一的文化血型，它精神的因子已经注入我的血液中。这也是我特别在乎它的历史遗存、城市形态乃至每一座具有纪念意义的建筑的缘故。我把它们看作是它精神与性格之所在，而绝不仅仅是使用价值。

我知道，人的命运一半在自己手里，一半还得听天由命。今后我是否还一直生活在这里尚不得知。但无论到哪里，我都是天津人。不仅因为天津是我的出生地——它绝不只是我生命的巢，而且是灵魂的巢。

绘画是文学的梦

　　我曾经使用这个题目做过一次演讲，是在美国旧金山我的画展期间。我相信那一次大多数人没有弄懂我这个题目里边非常特殊的内涵。因为多数听众只是单纯对我的绘画有兴趣，抑或是我的文学读者。只有极少的人是专业人士。

　　我这个话题的题目听起来美，但内容却很专业，范围又很偏狭。它置身在绘画与文学两个专业之间，既非绘画的中心，又非文学的腹地。我身在两个巨大高原中间一个深邃的峡谷里。站在高原上的人无法理解我独有的感受。但我偏偏时常在这个空间里自由自在地游弋；我很孤独，也满足。现在，我就来挖掘这个空间中深藏的意义。

　　我之所以说"绘画是文学的梦"，却不说"文学是绘画的梦"，正表示我是站在文学的立场上来谈绘画的。一句话，我是表达一个写作人（古代称文人）的绘画观。

一

　　文人在写作时，使用单一的黑墨水，没有色彩。色彩都包含在字里行间；而且，他们是通过抽象的文字符号来表达心中的想象与形象。这时，文字的使命是千方百计唤起读者形象的联想，唤起读者的画面感，设法叫读者"看见"作家所描述的一切，也就是契诃夫所说的"文学就是要立即生出形象"。但是这是件很难的事。怎么才能唤起读者心中的画面？这是一个大题目，我会另写一篇大文章，来描述不同作家文字的可视性。而此时此刻，另一种艺术一定令写作人十分向往和崇尚——这就是绘画。

所以我说，人为了看见自己的内心才画画。

我相信古代文人大都为此才拿起画笔的。

但是，一旦拿起笔来，西方与东方却大不相同。

对于西方人来说，绘画与写作的工具从来不是一种。他们用钢笔和墨水写作，用油画颜料与棕毛笔作画。如果西方的写作人想画画，他起码先要学会把握工具性能的技术和方法。尽管普希金、歌德、萨克雷、雨果等都画得一手好画，但毕竟是凤毛麟角。在西方人眼中，他们属于跨专业的全才。

可是在古代东方，绘画与写作使用的同样是笔墨纸砚。对于一个东方的写作人，只要桌有片纸，砚有余墨，便可乘兴涂抹一番。自从宋代的苏轼、米芾、文同等几位大文人挥手作画之后，文人们的亦诗亦画成了一种文化时尚。乃至元代，文人们在画坛集体登场，幡然一改唐宋数百年来院体派和纯画家的面貌，展现出前所未有的文人画风光奇妙的全新景观。

我对明人董其昌、莫是龙、孙继儒等关于文人画和"南北宗"的理论没有兴趣，我最关心的是究竟文人画给绘画带来什么？如果从表面看，可能是令人耳目一新的笔墨情趣，技术效果，还有在院体派画家笔下绝对看不到的将文字大片大片写到画面上的形式感。但文人画的意义绝不止于这些！进而再看，可能是文学手段的使用。

比如象征、比喻、夸张、拟人。应该说，正是由于从文学那里借用了这些手段，才确立了中国画高超的追求"神似"的造型原则。但文人画的意义不止于此！

文人画的意义主要是两个方面：

一是意境的追求。意境这两个字非常值得琢磨。依我看，境就是绘画所创造的可视的空间，意就是深刻的意味，也就是文学性。意境——就是把深邃的文学的意味，放到可视的空间中去。意境二字，正是对绘画与文学相融合的高度概括。应该说，正是由于学养渊深的文人进入绘画，才为绘画带进去千般意味和万种情怀。

二是心灵的再现。由于写作人介入绘画，自然会对笔墨有了与文字一样的要求，就是自我的表现。所谓"喜气与兰，怒气与竹""逸笔草草，不求形似，聊发胸中之逸气耳"，都表明了写作人要用绘画直接表达他们主观的情感、心绪与性灵。于是个性化和心灵化便成了文人画的本质。

绘画的功能就穿过了视觉享受的层面，而进入丰富与敏感的心灵世界。

如果我们将马远、夏圭、范宽、许道宁、郭熙、刘松年这些院体派画家们放在一起，再把徐渭、梅清、倪瓒、金农、朱耷、石涛这些文人画家放在一起，相互对照和比较，就会对文人画的精神本质一目了然。前者相互的区别是风格，后者相互的区别是个性；前者是文本，后者是人本。

在中国绘画史上，文人画兴起不久，便很快成为主流。这是西方所没有的。正为此，中国画最终形成了自己独有的艺术体系与文化体系。过去我们常用南北朝谢赫的"六法论"来表述中国画的特征，这其实是很荒谬的。在南北朝时期，中国画尚处在雏形阶段。中国画的真正成熟，是在文人画成为主流之后。

因为，文人画使中国画文人化。

文人化是中国画的本质。

在绘画之中，文人化致使文学与绘画结合；在绘画之外，则是写作人与画家身份的合二为一。

西方的写作人作画，被看作一种跨专业的全才；中国文人的"琴棋书画，触类旁通"，则是理所当然的。因而中国人常把那种技术高而文化浅的画家贬为画匠。

这是中国画一个很重要的传统。

然而，这个传统在近百年却悄悄地瓦解了。其中最重要的原因，是书写工具的西方化。我们用钢笔代替了毛笔。这样一来，写作人就离开了原先的纸笔墨砚。绘画的世界与写作人渐渐脱离，日子一久竟有了天壤之别。当然，从深远的背景上说，西方的解析性思维一点点在代替着东方人的包容性思维。西方人明晰的社会分工方式，逐渐更换了东方人的兼容并蓄与触类旁通。于是，近百年的画坛景观是文人的撤离。不管这样是耶非耶，但这是一种被人忽略的画坛史实。这个史实使得近百年中国画的非文人化。

正因为非文人化的出现，才有近十年来颇为红火的"新文人画"运动。但新文人画并非是写作人重新返回画坛，而是纯画家们对古代文人画的一种形式上的向往。

二

我本人属于一个另类。

　　我在写作之前画了十五年的画。我的工作是摹制古画，主要是摹制宋代院体派的作品。恰恰不是文人画。

　　平山郁夫曾一语道出我有过"宋画的磨炼"，这说明他很有眼光。我的画里没有黄公望与石涛的基因，只有郭熙与马远的影子。正像我的小说没有昆德拉和塞林格，只有巴尔扎克、屠格涅夫、蒲松龄、冯梦龙、鲁迅，还间接有一点马尔克斯。

　　我自二十世纪七十年代末与绘画分手，走上文坛，成为第一批"伤痕文学"作家。在二十世纪八十年代，我几乎把绘画忘掉。那时，我曾经在《文艺报》上发表过一篇文章叫作《命运的驱使》，写我如何受时代责任所迫而从画坛跨入文坛。但当时，人们都关心我的小说，没人关心我的画。我的脑袋里也拥满了那一代人千奇百怪的命运与形象。就这样，我无名指上那个常年被画笔的笔杆磨出的硬茧也不知不觉地消退了。

　　到了二十世纪九十年代初期，我重新思考自己下一步的创作道路，陷入苦闷。在又困惑又焦灼的那一段时间里，无意中拿起画笔，只想回到久别的笔墨天地里走一走。忽然我惊呆了。我不是发现了久违的过去，而是发现了从未见过的世界。因为，我发现心灵竟然可以如此逼真并可视地呈现在自己的面前。

　　但是，现在来认识自己，我并没有什么重大突破和发现，我只不过又回到文人画的传统里罢了。

三

　　我与古代一般的文人不同的是，我写过大量的小说。每篇小说都有许多人物。小说家总是要进入他笔下每一个人物的心中，就像演员进入角色，体验不同情境中特定的情感与心境。我相信任何小说家的内心都是巨大的情感仓库。他们对情感的千差万别都有精确入微的感受。比如感伤，还有伤感、忧虑、忧郁、忧愁、愁闷、惆怅等，它们的内涵、分量、给人的感觉，都是全然不同的。它们不是全可以化为画面吗？一旦转为画面，相互便会大相径庭。

我现在作画，已经与我二十年前作为一个纯画家作画完全不同了。以前我是站在纯画家的立场上作画，现在我是从写作人的立场出发来作画。

尽管现在，我作画中也有愉悦感，但我不是为自娱而画。绘画对于我，起码是一种情感方式或生命方式。我的感受告诉我，世界上有一些东西是只能写不能画的，还有一些东西是只能画不能写的。比如，我对"三寸金莲"的文化批判，无法以画为之。比如我在《思绪的层次》中对大脑的思辨中那种纵横交错、混沌又清明的无限美妙的状态，只有用画面才能呈现。

尽管我对画面上水墨的感觉，对肌理效果，对色彩关系的要求，也很严格甚至苛刻，但这一切都像我的文字，必须服从我的心灵，而不是为了水墨或肌理的本身。

我之所以这么注重心灵，还是写作人的观念。因为文学最高的职责是挖掘心灵。

四

关于绘画的文学性。我明确地不把诗作为追求目的。

绘画是静止的瞬间，是瞬间的静止与概括；诗是用一滴海水来表现整个大海，诗是在"点"上深化与升华。所以诗与画最容易结合。

在古人中，最早这样做的是王维。故此苏轼说"味摩诘之诗，诗中有画；观摩诘之画，画中有诗"。诗是中国绘画与文学的结合点与交融点。

但我不是诗人，我写散文。我的散文非常强烈地追求画面感，那么我也希望我的画散文化。尤其是对于现代人，更亲近散文而不是诗。

散文与诗的不同是，散文是一段一段，是线性的。但线性的描述可以一点点地深化情感和深化意境。同时使绘画的意境具有可叙述性。诗的意境是静止的。散文的意境是一个线性的过程。但这不是我创造的，最初给我启发的是林风眠先生，林风眠先生的画就是散文化的，还有东山魁夷的画。

说到这里，我应该承认，我的画不是纯画家的画，我在当今应是一个"另类"。应该说，在写作人基本撤离出画坛的时代，我反方向地返回去，皈依文人画的传统。我愿意接受平山郁夫对我的评

价，我是一种"现代文人画"。

五

现在我从梦里醒来，回到很现实的一个问题里。

今年一次在北京参加会议，忽然接到一个电话，声称是我的铁杆读者，心里憋口气，想骂骂我。为此他喝了两大杯酒。酒劲上头，乘兴把电话打来。我便笑道："你想说什么，尽管说吧。批评也好，骂也无妨，都没关系。"

他被酒扰昏了头，有的话来来回回说了好几遍。我却听明白了，他说我亦文亦画，又投入城市文化保护，又搞民间文化遗产抢救工程。他说："你简直是浪费自己。除去写小说，那些事都不是你干的！不写小说还称得上什么作家！你对读者不负责！"他挺粗的呼吸通过电话线阵阵撞在我的耳膜上。我只支应着，笑着，一再表示接受他的意见。我没做任何表白，因为此时不是交流的时候。

我常常遇到这样的读者，他们对我不满。怎么办？

不久前，我为既是作家又是画家的雨果写了一篇文章，叫作《神奇的左手》。里边有几句话，正是我想对我的读者说的：

"你看到过雨果、歌德、萨克雷等人的绘画吗？只有认真地读他们的书又读他们的画，你才能更整体和深刻地了解他们的心灵。我所说的了解，不是指他们的才能，而是他们的心灵。"

精卫是我的偶像

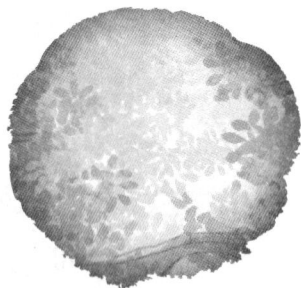

　　这一次，当我把两年多来的绘画精品拿出来卖掉，以支持艰难的文化遗产抢救的事业，心中的矛盾加剧地较量着。

　　并非我不够慷慨，而是这些画都是我的心灵之作。我说过，艺术是艺术家心灵的闪电。它是心中的灵性，只是偶然出现。这也是我的画数量不多和很少重复的缘故。因之，我一向十分珍视自己的画作，不肯拿它去换钱。

　　此时可以说，这些画不是从我手里拿出去的，是从心里拿出去的。

　　记得，甲申年在京津举办第一次画展时，我将自藏多年的两幅画《高江急峡》和《树之光》卖掉。虽然价钱很高，一位好友却对我说："你不该把这两幅画卖掉！"

　　我承认，这句话加重了我心里的矛盾。因为我的画一如文章，无法重复，也不能重复。记得前一幅画作画时激情飞扬，溅得满身水墨；后一幅画光线之强烈竟使我自己愕然。在那次公益画展上我心想，这样大规模卖画的事只做一次吧。

　　然而，事过两年，我又要义卖画作了，而且是我两年来绝大部分的心爱之作。其原因既简单又直接——我们的文化遗产仍然身处危难，破坏和消亡的速度与力度大大超过抢救的速度与力度。特别是在这个物质化和功利化的时代，人们对这种文明受损的严重性尚不清楚，故而文化遗产全面受困，为其工作的人员极其有限，经费困窘得常常一筹莫展。我一手创立的专事文化抢救和保护的基金会始终处在社会边缘，仅此一家，无人垂顾，境遇尴尬。

当我身在书房和画室，对个人的作品自然会心生爱惜；当我跋涉在广阔的乡土和田野中，必然又会对那些随处可见、一息尚存、转瞬即逝的文化遗产心急如焚。此时，个人一己的艺术得失怎能与大地文化的存亡相比？我说过，我们大地的文化犹如母亲的怀抱，我们都是在她的滋养哺育中成长成人的。当母亲遇到危难，危在旦夕，怎么能不出手相援？卖画又算什么？

应该说，此次公益画展是一次自相矛盾和自我战胜后的行动。在这次行动中我看到了自己依然站在当代文化的前沿上，很高兴自己没有退缩。

记得有人问我："你靠卖画能救得了中国的文化遗产吗？这莫不是精卫填海？"

我说："精卫填不了海。精卫是一种精神。一种决不退却、倾尽心力乃至生命的精神。我尊崇这种精神。它是我的偶像。"

谁能万里一身行？

昨天，摄影家郑云峰跑到天津来，见面二话没说，就把一本又厚又沉的画册像一块大石板压到我怀里。封面赫然印着沈鹏先生题写的三个苍劲的字："三江源"。

夏天里，我在北洋美术馆为郑云峰先生举办"拥抱母亲河"摄影展时，他说马上就要出版这部凝聚他二十多年心血的大书，跟着又说他还要跑一趟黄河的中下游，把黄河拍完整了。干事的人总是不满足自己干过的事，总是叫你的目光盯在他正在全神贯注的明天的事情上。

在他的摄影展上，郑云峰感动了天津大学年轻的学子们。谁肯一个人拿出全部家财买一条船，抱着一台相机在长江里漂流整整二十年，并爬遍长江两岸大大小小所有的山，拍摄下这伟大的自然和人文生命每一个动人的细节？不单其艰辛匪夷所思，最难熬的是独自一人终岁行走在山川之间的孤寂。他为了什么——为了在长江截流蓄水前留下这条养育了中华民族的母亲河真正的容颜，为了留下李白、杜甫等历代诗人曾经讴歌过的这条大江的死面相，为了给长江留下一份完整的视觉"备忘录"。多疯狂的想法，但郑云峰实实在在地完成了。他以几十万张照片挽留住长江亘古以来的生命形象。为此，我在他的摄影展开幕式讲道："这原本不是个人的事，却叫他一个人默默却心甘情愿地承担了。我们天天叫嚷着要张扬自我，那么谁来张扬我们的山河？我们文化的民族？"

提起郑云峰，自然还会联想到最早发现"老房子"之美的李玉祥。他也是一位摄影家，是三联书店的特聘编辑。二十世纪九十年代初他推出一大套摄影图书《老房子》时，全国正在进行翻天覆地的"旧城改造"。李玉祥却执拗地叫人们向那些正在被扫荡的城市遗产投之以依恋的目光。二十一世纪初凤凰电视台要拍一部电视纪录片"追寻远去的家园"，计划从南到北穿过数百个各个地域最具经典意义的古村落。凤凰电视台想请我做"向导"，可是我当时正忙着启动多项民间文化遗产的普查，便推荐李玉祥。我说："跑过中国古村落最多的人是李玉祥。"

记得那阵子我的手机上常常出现一些陌生地区的电话号码。都是李玉祥在给电视剧组做向导时一路打来的。这些古村落都曾令李玉祥如醉如痴，这一次却不断听到他在话筒的惊呼："怎么那个村子没了，十年前明明一个特棒的古村落在这里呀！""怎么变成这样，全毁得七零八落啦！"听得出他的惋惜、痛苦、焦急和空茫。也许为此，多年来李玉祥一直争分夺秒地在和这些难逃厄运、转瞬即逝的古村落争抢时间。他要把这些经过千百年创造的历史遗容留在他相机的暗盒里。他是一介书生。他最多只能做到这样。然而他把摄影的记录价值发挥到极致。这些价值在被野蛮而狂躁的城市改造见证着。许多照片已成为一些城市与乡镇历史个性的最直观的见证。李玉祥至今没有停止他的自我使命。依然端着沉重的相机，在天南海北的村落间踽踽独行。古来的文人崇尚"甘守寂寞"和"不求闻达"，并视为至高的境界。然而在市场经济兼媒体霸权的时代，寂寞似与贫困相伴，闻达则与发达共荣，有几人还肯埋头于被闹市远远撇在一边冰冷的角落里？不都拼命在市场中争奇斗艳、兴风作浪吗？

前些天在北京见到李玉祥。他说他已经把江浙闽赣晋豫冀鲁一带跑遍，他想再把西北诸省细致地深入一下。我忽然发现站在面前的李玉祥有点变样，十多年前那种血气方刚的青年人的气息不见了，俨然一个带着些疲惫的中年汉子。心中暗暗一算，他已年过四十五岁。他把生命中最具光彩的青春岁月全支付给那些优美而缄默着的古村落了。

然而，很少有人知道他，因为他并不想叫人知道他本人，只想让人们留心和留住那些珍贵的历史精华。

由此，又联想起郭雨桥——这位专事调查草原民居的学者，多年来为了盘清游牧时代的文化遗存，也几乎倾尽囊中所有。背着相机、笔记本、雨衣、干粮和各种药瓶药盒，从内蒙古到宁夏和新疆，全是孤身一人。他和郑云峰、李玉祥一样，已经与他们所探索的文化生命融为一体。记得他只身穿过贺兰山地区时，早晨钻出蒙古包，在清冽沁人的空气里，他被寥廓大地的边缘升起的太阳感动得流泪。他想用手机把他的感受告诉我，但地远天偏，信号极差。他一连打了多次，那些由手机传来的一些片断的声音最终才连结成他难以抑制的激情。上个月我到呼和浩特，他正在东蒙考察，听说我到了，连夜坐着硬席列车赶了几百公里来看我，使我感动不已。雨桥不善言辞，说话不多，但有几句话他反复说了几遍，就是他还要用三年时间，争取七十岁前把草原跑完。

他为什么非要把草原跑完？并没人叫他非这么做不可，再说也没有人支持他、搭理他。那些"把文化做大做强"的口号，都是在丰盛的酒席上叫喊出来的。他一心只是把为之献身的事做细做精。

然而，这一次我发现雨桥的身体差多了。他的腿因过力和劳损而变得笨重迟缓。我对他说再出远门，得找一个年轻人做伴，"能不能在大学找一个民俗学的研究生给你做做帮手？"他对我只是苦笑而不言。是呵，谁肯随他付出这样的辛苦？这种辛苦几乎是没有回报和任何实惠的。此次我们分手后的第三天，他又赴东蒙。草原已经凉了，今年出行在外的时间已然不多，他必须抓紧每一天。

随后一日，我的手机短信出现他发来的一首诗："萧萧秋风起，悠悠数千里，年老感负重，腿僵知路迟。玉人送甘果，蒙语开心扉，古俗动心处，陶然胶片飞。"此时，在感动之中，当即发去一诗："草原空寥却有情，伴君万里一身行。志大男儿不道苦，天下几人敢争锋？"

上边说到三个不凡的人。一个在万里大江中，一个在茫茫草原上，一个在大地的深处；当然还有些同样了不起的人，至今还在那里默默而孤单地工作着。

废墟里钻出的绿枝

　　车子驶入绵竹，这里好像刚打过一场惨烈的战争。零星的炮声——余震还时有发生。到处残垣断壁，瓦砾成堆，大楼的残骸狰狞万状；多么强烈的地动山摇，能够把一座座钢筋水泥建筑摇得如此粉碎？由车窗透进来的一种气味极其古怪，灭菌剂刺鼻的气息中还混着酒香。一问才知，剑南春酒厂的老酒缸全碎了。存藏了上百年、价值几亿元的陈年老酒全部化成气体无形地飘散在震后犹然紧张的空气里。

　　这使我想起五年前来考察绵竹年画时，参观过剑南春酒厂。那次，我是先在云南大理为那里的木版甲马召开专家普查工作的启动会，旋即来到绵竹。绵竹不愧是西部年画的魁首。它于浑朴和儒雅中彰显出一种辣性，此风唯其独有。绵竹人颇爱自己的乡土艺术。那时已拥有一座专门的年画博物馆了，珍藏着许多古版年画的珍品。其中一幅《骑车仕女》和一对"填水脚"的《副扬鞭》令我倾倒。前一幅画着一位模样清秀、衣着旗袍、头戴瓜皮帽的民国时期的女子，骑一辆时髦的自行车，车把竟是一条金龙。此画所表达的既追求时尚又执着于传统的精神，显示出那个变革的时代绵竹人的文化立场。后一幅是"填水脚"的《副扬鞭》，"副扬鞭"是指一对门神；"填水脚"是绵竹年画特有的画法。每逢春节将至,画工们做完作坊的活计,利用残纸剩色,草草涂抹几对门神,拿到市场换些小钱,好回家过年。谁料无意中却将绵竹画工高超的技艺表现出来,简练粗犷,泼辣豪放,生动传神。这一来,"填水脚"反倒成了绵竹年画特有的名品。记得我连连赞美这幅清代老画《副扬鞭》是"民间的八大"呢!

那次在绵竹还做了几件挺重要的事:去探望年画老艺人,召开绵竹年画普查专家论证会;这样,对绵竹地区年画遗产地毯式的普查便开始了。普查做得周密又认真,成果被列入国家级文化工程《中国木版年画集成·绵竹卷》。其间,中国民协还将绵竹评为"中国木版年画之乡"。这来来回回就与绵竹的关系愈扯愈近。

大地震发生时,我人在斯洛文尼亚,听说震中在汶川,立即想到了绵竹,赶紧打电话询问年画博物馆和老艺人有没有问题,并叫基金会设法送些钱去。那期间,震区如战场,联系很困难,各种好消息坏消息都有,说不上哪个更可靠。回国后,便从四川省民协那里得知年画博物馆震成危楼,没有垮塌,两位最重要的老艺人都幸免于难。但一个画乡棚花村已被夷为平地。更具体和更确凿的情况到底怎样呢?

这次奔赴灾区,首先是到遵道镇的棚花村。站在村子中央,环顾四方,心中一片冰冷。整个村庄看不到一堵完整的墙。只有遍地的废墟和瓦砾,一些印着"救灾"二字的深蓝色小帐篷夹杂其间。村中百户人家,罹难十人。震后已有些天,村民心情渐渐平静下来,开始忙着从废墟里寻找有用的家当,但没人提年画的事。人活着,衣食住行是首要的,画画的事还远着的。

茫然中想到，最要紧的是要去看另外两个地方：一是年画博物馆，看看历史是否保存完好。二是看看两位重要的年画传承人——老艺人现况到底如何？

年画博物馆白色的大楼已经震损。楼上的一角垮落下来，外墙布满裂缝。馆长胡光葵看着我惊愕的表情说："里面的画基本上都是好好的，没震坏。"他这句话是安慰我。我问他："可以进去看看吗？"眼见为实，只有看到真的没事才会放心。

打开楼门，里边好像被炸弹炸过，满地是大片的墙皮、砖块和碎玻璃，可怕的裂缝随处可见，有的墙壁明显已经震酥了。但墙上的画，尤其前五年看过而记忆犹新的那些画，都像老朋友贴着墙排成一排，一幅幅上来亲切地欢迎我。又见到《骑车仕女》和那对"填水脚"的《副扬鞭》了，只是玻璃镜面蒙上些灰土，其他一切，完好如昨。我高兴地和这些老相识一一"合影留念"，然后随胡馆长去看"古画版库"。打开仓库厚厚的铁门，里边两百多块古画版整齐地立在木架上，毫发未损。看到这些在大难中奇迹般的完好无缺的遗存，我的心熠熠地透出光来。

当我走进老艺人居住的孝德镇的射箭台村，心中的光愈来愈亮。当今绵竹最具代表性的两位老艺人，一位是李芳福，今年八十五岁。上次来绵竹还在他家听他唱关于年画《二十四孝》的歌呢。他的画风古朴深厚、刚劲有力，在绵竹享有北派宗师的盛名。地震时他在五福乡的老宅子被震垮了，现在给儿子接到湖南避灾，人是肯定没事的，灾后一准回来。另一位是南派大师陈兴才，年岁更长些，人近九十，身体却很硬朗。我见到老人便问："怕吗？"他很精神地一挺腰板说："怕什么，不怕。"大家笑了。他的画风儒雅醇厚，色彩秀丽，多画小幅，鲜活喜人。这几年，当地重视民间艺术，老人搬进一座新建的四合院。青瓦红柱，油漆彩画，当然都是自家画的。房子很结实，陈氏一家现在还住在房内。北房左间是陈兴才的画室；右间里儿子陈云禄正在印画；东厢房也是作画的作坊，陈兴才的孙子和邻家的女孩子都在紧张地施彩设色。这些天，全国各地来救灾或采访的，离开绵竹时都要带上两三幅年画作为纪念，需求量很大，在绵竹市大街上还有人支设帐篷卖年画呢。绵竹年画反变得更有名气。

如今陈家已是四世同堂。两岁的重孙儿在画坊里跑来跑去，时不时也去伸手抓画案上的毛笔，他将来也一定是绵竹年画的传人吧。

我说："只要历史遗存还在——根还在，杰出的艺人和传人还在——传承在继续，绵竹年画的未来应该没有问题。"

民间艺术生在民间。民间是民间文化生命的土地。只要大地不灭，艺术生命一定会顽强地复兴的。

在受灾最重的汉旺镇那几条完全倾覆的大街上考察时，我端着相机不断把发现的细节摄入镜头。比如挂在树顶上的裤子，死角中一辆侥幸完好的汽车，齐刷刷被什么利器切断的一双运动鞋，带血的布娃娃，一盘被砸碎的《结婚进行曲》的录音磁带，时间正好定格在下午两点二十八分的挂钟……忽然我看到从废墟一堆沉重又粗硬的建筑碎块中钻出来一根枝条，上边新生出许多新叶新芽，新芽方吐之时隐隐发红，好似带血，渐而变绿，生意盈盈，继之油亮光鲜，茁壮和旺盛起来。它忽地唤起我刚刚在射箭台村陈家画坊中的那种感受，心中激情随之涌起，不自禁一按快门，咔嚓一声，记录下这一倔强而动人的生命景象。

维也纳春天的三个画面

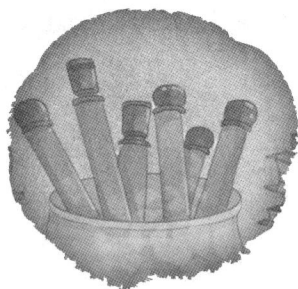

你一听到青春少女这几个字，是不是立刻想到纯洁、美丽、天真和朝气？如果是这样你就错了！你对青春的印象只是一种未做深入体验的大略的概念而已。青春，它是包含着不同阶段的异常丰富的生命过程。一个女孩子的十四岁、十六岁、十八岁——无论她外在的给人的感觉，还是内在的自我感觉，都绝不相同。就像春天，它的三月、四月和五月是完全不同的三个画面。你能从自己对春天的记忆里找出三个画面吗？

我有这三个画面。它不是来自我的故乡故土，而是在遥远的维也纳三次旅行中的画面定格，它们可绝非一般！在这个用音乐来召唤和描述春天的城市里，春天来得特别充分、特别细致、特别蓬勃，甚至特别震撼。我先说五月，再说三月，最后说四月，它们各有一次叫我的心灵感到过震动，并留下一个永远具有震撼力的画面。

五月的维也纳，到处花团锦簇，春意正浓。我到城市远郊的山顶上游玩，当晚被山上热情的朋友留下，住在一间简朴的乡村木屋里，窗子也是厚厚的木板。睡觉前我故意不关严窗子，好闻到外边森林的气味，这样一整夜就像睡在大森林里。转天醒来时，屋内竟大亮，谁打开的窗子？正诧异着，忽见窗前一束艳红艳红的玫瑰。

谁放在那里的？走过去一看，呀，我怔住了，原来夜间窗外新生的一枝缀满花朵的红玫瑰，趁我熟睡时，一点点将窗子顶开，伸进屋来！它沾满露水，喷溢浓香，光彩照人。它怕吵醒我，竟然悄无声息地又如此辉煌地进来了！你说，世界上还有哪一个春天的画面更能如此震动人心？

那么，三月的维也纳呢？

这季节的维也纳一片空蒙。阳光还没有除净残雪，绿色显得分外吝啬。我在多瑙河边散步，从河口那边吹来的凉丝丝的风，偶尔会感到一点春的气息。此时的季节，就凭着这些许的春的泄露，给人以无限期望。我无意中扭头一瞥，看见了一个无论多么富于想象力的人也难以想象得出的画面——

几个姑娘站在岸边，她们正在一齐向着河口那边伸长脖颈、眯缝着眼、噘着芬芳的小嘴，亲吻着从河面上吹来春天的风！她们做得那么投入、倾心、陶醉、神圣，风把她们的头发、围巾和长长衣裙吹向斜后方，波浪似的飘动着。远看就像一件伟大的雕塑。这简直就是那些为人们带来春天的仙女们啊！谁能想到用心灵的吻去迎接春天？你说，还有哪个春天的画面，比这更迷人、更诗意、更浪漫、更震撼？

我心中的画廊里，已经挂着维也纳三月和五月两幅春天的图画。这次恰好在四月里再次访维也纳，我暗下决心，无论如何也要找到属于四月这季节的同样强烈动人的春天杰作。

开头几天，四月的维也纳真令我失望。此时的春天似乎只是绿色连着绿色。大片大片的草地上，没有五月那无所不在的明媚的小花。没有花的绿地是寂寞的。我对驾着车一同外出的留学生小吕说：

"四月的维也纳可真乏味！绿色到处泛滥，见不到花儿，下次再来非躲开四月不可！"

小吕听了，就把车子停住，叫我下车，把我领到路边一片非常开阔的草地上，然后让我蹲下来扒开草好好看看。我用手拨开草一看，大吃一惊：原来青草下边藏了满满一层花儿，白的、黄的、紫的，纯洁、娇小、鲜亮，这么多、这么密、这么辽阔！它们比青草只矮几厘米，躲在草下边，好像只要一努劲，就会齐刷刷地全冒出来……

"得要多少天才能冒出来？"我问。

"也许过几天，也许就在明天，"小吕笑道，"四月的维也纳可说不准，一天换一个样儿。"

可是，当夜冷风冷雨，接连几天时下时停，太阳一直没露面儿。我很快就要离开这里去意大利了，便对小吕说：

"这次看不到草地上那些花儿了，真有点遗憾呢，我想它们刚冒出来时肯定很壮观。"

小吕驾着车没说话，大概也有些怏怏然吧。外边毛毛雨点把车窗遮得像拉了一道纱帘。可车子开出去十几分钟，小吕忽对我说："你看窗外——"隔过雨窗，看不清外边，但窗外的颜色明显地变了：白色、黄色、紫色，在窗上流动。小吕停了车，手伸过来，一推我这边的车门，未等我弄明白是怎么回事，便说：

"去看吧——你的花！"

迎着细密的、凉凉的吹在我脸上的雨点，我看到的竟是一片花的原野。这正是前几天那片千千万万朵花儿藏身的草地，此刻一下子全冒出来，顿时改天换地，整个世界铺满全新的色彩。虽然远处大片大片的花已经与蒙蒙细雨融在一起，低头却能清晰地看到每一朵小花，在冷雨中都像英雄那样傲然挺立、明亮夺目、神气十足。我惊奇地想：它们为什么不是在温暖的阳光下冒出来，偏偏在冷风冷雨中拔地而起？小小的花居然有此气魄！四月的维也纳忽然叫我明白了生命的意味是什么？是——勇气！

这两个普通又非凡的字眼，又一次叫我怦然感到心头一震。这一震，便使眼前的景象定格，成为四月春天独有的壮丽的图画，并终于被我找到了。

拥有了这三幅画面，我自信拥有了春天，也懂得了春天。

第三辑　文化随笔

挽住我的老城

　　近些天，常有古董贩子找我，言其手中有宝，叫我"开眼"。问其何物，来自何处，都说是天津老城。我听了怦然心动！自从前年我组织那次"旧城文化采风"，此后于那里的砖石草木，心皆系之。然而，近闻老城的改造突然"增加力度"，先要将几条大道贯穿其间，余下的便是房产开发商们施展才（财也）干。这样，大片大片的古屋老宅，不论其历史人文的价值如何，一概全在横扫之列。据说古董贩子们纷纷闻风而至。古董贩子胜于开发商者，便是知道这些破砖烂瓦也是生财之物。于是，积淀了近六百年的老城被掀个底儿朝天，翻箱倒柜，任凭这些贩子们挑肥拣瘦。

　　大前天，有个家住老城的贩子约我去看看老东西。我半年未进老城，借此也看看，一看真的惊呆了。颓墙断壁，触目皆是；在推土机的轰鸣中，城中多处已被夷为空荡荡的平地。我禁不住问：海张五那大宅子呢？明代的文井呢？益德王家那座拱形的刻砖门楼呢？还有……柳家大院那些豪华又壮观的木雕花罩呢？答话的人倒是省事，只说三个字：全没了！谁弄走了？文管部门？房管部门？房主还是贩子们？难道被民工们的大锤全砸了？答话更是省事，还是三个字：谁知道！在一种强烈的虚无感和失落感中，我还感到历史文化出现了一片迷茫与空白。人类在自己的"进步"面前真是无奈。待我随着这小贩走进一间很大的房间，才知道老城当今真正的状态。

这大屋像个仓库，堆满旧家具，还有许许多多从老房拆下的梁柱门窗，镂花隔扇，砖雕石刻。这些被拆得七零八落的东西，带着旧尘老土的浓烈气味，黑乎乎，破破烂烂，好像一堆堆残肢败体。注目细瞧，却识得这些建筑构件无一不是精致讲究。尤其那些隔扇门，至少一丈高，一色是铺地锦图案，八字榫对接得天衣无缝。一看这古雅而沉静的形制，便能确信一准是清代中前期豪门巨宅的物品。经问方知，果然这里是津门二百多年的金家老宅，而现在这间房子就是金家的书房！这金家始自清初康熙年间的山水画大家金玉岗（芥舟），即以丹青翰墨代代相传。此后嘉道间之金龙节、清末民初之金俊萱，都是一时学者名士。正是他们，濡染了这一方土地的醇厚的文雅。可如今难道就这么干脆利索地一下子连根拔掉了么？我记得前年考察过这里，但无论如何也对不上号。跑出屋看，这才明白，原来周围的房院、影壁、高墙已被铲除，满地瓦砾，这书房由于不在规划中新辟的道路范围之内，暂时被孤零零地搁置一旁，等待着开发商们来发落。我怀着一种凄凉心情回到屋中，再看小贩一件件展示出的老城的、特别是金家的遗物，便全部都视若珍宝了。因为这是老城最后的一点文化剩余了。

一副竹丝拼花衬底的刻竹对联，应是这书房的原物；两块墀头上的砖雕，一为"麒麟送子"，一为"状元及第"，无论从这一题材所流行的时代来判断，还是从雕刻的风格与手法（主要是雕刻的深度）来确认，无疑是马顺清时期（即清代中期）的作品。还有一些版画，书轴，尤其是几册此地文人孟广慧的信札，粗看数纸，就能知道这些信札包含着丰富的本地文化与社会的信息……可是我很糟糕，由于刚刚那种文化的失落感过重，此刻便生怕这些老城的遗物流散掉，完全失去了对付这种小贩应有的聪明，而只是连连对这些东西呼好叫妙，议论出其中的门道，毫不掩饰对这些仅存无多的遗物的珍视与迫切心情。在古董交易中，这是犯大忌的。此时小贩已经把我视作了他的掌中物。待我问价，他脱口一说，便是天价。老城的情结使我又陷尴尬，我只好说回去想想再谈。小贩与我分手时还对我加一点压力，他说："现在有不少贩子在老城里转来转去寻找老东西呢。我可是第一个给您看的。"看来，我已经没有余地了。如果我不出高价来买，这些老城的遗物岂不从我手里溜掉？此时我真的感到，人间万物皆有命运。小到一只杯子，大到一座城池乃至一个国家和民族。该兴则兴，该亡则亡。轮到消失之日，一如风吹尘散，谁也无法子挡住。你费力收回来的，最多也不过是一撮灰白色的、无机的骨灰吧！

　　渐渐地，我开始运用阿Q式自我安慰法来平衡自己，并获得成功。我暗自庆幸自己曾经干过的那件事富于远见。这便是自一九九四年十二月三十日的"旧城文化采风"。本来这一行动计划从租界区的洋房入手，此时，媒体忽然爆出新闻，政府与香港一家房地产开发集团公司合作，要对天津老城进行彻底的现代化改造。我马上意识到抢救老城乃是首要的事。遂组织历史、文化、建筑、民俗各界仁人志士，会同摄影家数十位，风风火火进入天津老城展开一次地毯式考察。经过整整一年半的努力——我们是于一九九六年七月天津老城改造动工时结束这一行动的——摄得具有历史文化内涵的照片五千余帧。然后精选部分，出版一部大型画集，名为《旧城遗韵》。

由于仓促上马，行动急迫，工作得还嫌粗糙，疏漏处也必然不少。但这毕竟是天津老城改造前一次罕见的民间性的文化抢救，也是天津老城有史以来最广泛、最大规模的学术考察。记得一九九五年除夕之夜，一位摄影家爬到西北角天津大酒店十一层的楼顶，在寒风里拍下天津老城最后一个除夕子午交接时、万炮升空的景象。我看到这张照片，几乎落下泪来。因为我感到了这座古城的生命就此辉煌地定格。这一幕很快变成过往不复的历史画面。我们无法拯救它，但我们也无愧于老城——究竟把它的遗容完整地放在一部画册里了。

这部画集我只印了一千部。为了强调它的珍贵性，也为了一种文化的尊严。我就是要造成这样一种文化的崇高感：文化的老城和老城的文化，都必须是虔诚的觅求才能见到的。

可是，在这部画集的油墨香味尚未散尽时，老城已经失去近半。许多名门豪宅已然荡涤一空，在地球表面上抹去；虽然它们全都有姿有态、巨细无遗地保留在我这部画集里。可我不是容易满足的人。我仍不甘心。前几天，在市政协换届的开幕式上，我找到主管城市建设的王德惠副市长。他是能够理解我的想法的一位领导人。我对他说："天津人世世代代总共用了六百年，在老城里凝聚和营造成一种独特的文化，不能叫它散了。现在公家、私家、古董贩子，都在乘乱下手，快把老城这点文化分完了。应该建一座博物馆，把这些东西搬进去！"这位副市长说："我也早就想搞个老城博物馆，你说该怎么办？"我听了很高兴，说道："那就得赶紧筹备，但远水解不了近渴，必须马上行动起来，先把老城的文化留住。我可以牵头动手来做。但必须您发话！"

他答应了。以我与这位副市长的交往，他是有文化良心的。当然这十分难得。

果然，今天民俗博物馆的蔡馆长来电话说，王德惠副市长在我与他谈话的转天，就已经叫老城所在南开区的区长，尽快找我研究保护老城文物一事。一时我真有一种起死回生的感觉，好像浑身全是办法了。

我想，首先要把鼓楼东那座环卫局办公的大院保留住，这座至少有四套院的构造精美的大房子是最理想的老城博物馆的馆址。然而比这件事更要紧的是阻止老城文物的流失，这就必须组织人力，穿街入巷，征集文物。文物包含甚广，必须有专家参与。还要由政府拨出几间大屋，将征集到的文物，分类编号，暂时存放保管起来。关于征集这些文物的经费与方法，我忽来灵感，突发奇想——应该搞一个"捐赠博物馆"！动员城中百姓在离开老城时，把老城的文化留在这块热土上。唯有这样才能尽快地把老城文物征集上来。将我们去"找"，变为百姓的"送"。津地百姓急公好义，乡情尤浓，这做法肯定能立见功效，而且这件事本身也是一次乡情的大启动。对于我来说，再也没有启动感情的事会令我倾尽全力的了。

于是我与蔡馆长约好，明天下午三时，南开区的区长、文化局长、城建局长等一行人到我的大树画馆商议此事。我已经做好准备，要牢牢抓住这个关乎老城命运的最后一次机会。我知道在当今中国，许多文化上的事最终还得通过官员才能做到；我还清清楚楚知道，历史交给我们这一代文化人的事情是什么。

我从现在起时时都在想着明天下午三时。刚刚心血来潮，提笔写了一个条幅：

我们今天为之努力的，都是为了明天的回忆。

为周庄卖画

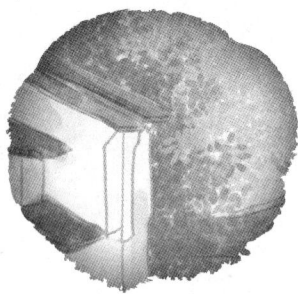

二十世纪九十年代初 (1991 年) 冬天，我在上海美术馆举办个人画展，其间二位沪中好友吴芝麟和肖关鸿约我去远郊的周庄一游。

那时周庄尚无很大名气，以致我听了反问道：

"值得一去吗？"

二位好友眯着眼笑而不答，似是说："那还用说。"

这眼神看来是周庄最好的广告——诱惑我去。

车子出了城还要走很长的路，随后在一片寂寞又灰暗的村落前停住。车门一开，湿凉的水汽便扑在脸上。水汽中分明还有许多极其细密、牛毛一般的水的颗粒。一股南方的柔情使我心动。

穿入一些窄巷，就是入村了。两边的房子大多关着门板；开了门的，里边黑乎乎的也不见人。只有一只黑母鸡带着一群小鸡在巷子里跑来跑去地觅食。村里的人跑到哪里去了？

这天雾大。树枝、檐角、晾衣绳，到处挂着湿雾凝结成的亮晶晶的水珠。时而会有一滴凉滋滋落在头顶或脖梗，顺着后背往下滑。待到了江南水乡的生命线——那种穿村而过的小河边，竟然连河水也看不清。站在石板桥上，如在云端，四外白白的全是流烟，只听得水鸟的翅膀用力扇动浓重的雾气时扑棱棱的声音就在头上边。更奇妙的是，看不见河，却听得到船儿"吱呀呀"的摇橹声穿过脚下的石桥。声音刚在左下边，几下就到右下边去了，也像一只飞鸟。

下了桥，走进一条宽一些的街上，便能看见来来去去的人影了。古村落的活力从来就是在这样的老街上。

那时候，周庄尚未开发，却有了一点点文化的觉醒。听芝麟说，不久前，周庄刚刚度过九百年的生日，村民们还在村口立了一块纪念碑呢。芝麟请来当地的一位文物员带领我们走街串巷，一边滔滔不绝地讲着这古村的历史，话里边带着几分自豪。不像后来的旅游向导多是取悦于游客的"买卖腔儿"了。

走进一幢老宅，从砖木的精雕细刻中始知周庄当年的殷富。谁想到文物员一介绍，这老宅竟是江南巨贾沈万山的故居，我马上感觉与周庄有了一种异样的亲切。这亲切感，来自童年时心爱的一本厚厚的小人书，叫作《沈万山巧得聚宝盆》。故事描写心地善良的沈万山贫困交加，走投无路，一头撞向家中破墙，不料在被他撞倒的老墙里，惊现一个巨大的煌煌夺目的聚宝盆——据说是祖辈为了怕家道衰落后人受穷，秘密藏在墙中的。沈万山靠着这个聚宝盆经商发财，并用赚来的钱财济困扶危，赢得一世的赞许。且不论这小人书里有多少虚构，由于它是我儿时崇拜的画家沈曼云所画，便将这本小小的图书视同珍宝。这书一直保存到"文革"，抄家后再也找不到了。以后许多年，每次想起这本失去的书，都会生出一点点怅然，好像失去的不仅仅是这一本书。没想到这早已沉睡在记忆底层的一种情感竟在这湿漉漉而幽暗的老宅里被唤醒了。这老宅外墙的雕砖还刻着一个精巧的聚宝盆呢！

我情不自禁把这桩童年往事说给文物员听。他笑着对我说，他还能使我对沈万山印象更深一些——请我们一行吃一顿"沈家肘子"。

沈家肘子的确非同寻常。红彤彤、油亮亮、肥嘟嘟的大肘子端上来时，浓浓的肉香没有入口，已经先钻进鼻孔里。猪肘子有两根骨头，一根圆而粗，一根扁而细。文物员从肘子中将细骨头抽出来。这骨头又扁又长，像一柄白色的刀。拿它在肘子上轻轻一划，毫不用力，肥肥的肉便像水浪一样向两边翻卷。肘子就这样被美妙地切开了。我说就像船桨在水上一划那样。关鸿说："划得大冯口水都出来了。"

中午过后，从沈家走出来，没几步就是河边。此刻，大雾已散。一条被两排粉墙黛瓦的小屋夹峙着的小河，弯弯曲曲伸向远方。周庄的景色真是晴时美、雾中奇。雨里呢？忽然，我注意到远远的有一座两层小楼略略凸出岸边，二层的楼外有一条短短的木梯一直通到下边的水面，那里系着一叶轻盈的扁舟。我指着这远处的小楼说，不用画了，这就是画。

文物员告诉我，这座如画的小房子，被称为迷楼。当年这里是个茶馆。柳亚子的南社诸友常聚在这里活动，被人误以为这些才子们叫茶馆主人的一个美丽又姣好的女儿迷住了，还闹出一些笑话来。我说："看来周庄无处无故事。"这话本该引来文物员更得意的表情，谁料他面露一丝忧愁，还叹了口气。我问他是何原因。这原因出乎我的意料！原来迷楼的主人想拆掉房子，用卖木料的钱去盖一座新房。这是此时周庄流行起来的改善生活的一种做法。很多老房子就这么拆掉了。

我一怔，马上问道："这座小楼的木料能卖多少钱？"

文物员说："三万吧。"

我便说："我来出这笔钱吧。现在正有两位台湾同胞在上海的画展上想买我的画。我不肯卖，但为了这座小楼我愿意卖。一会儿回上海马上就把画卖掉。咱把这迷楼留住。"

吴芝麟笑道："大冯也被这迷楼迷住了。"

我也说着笑话："茶馆老板的女儿至少也得一百岁了吧。"然后认真地对芝麟说，"这房子买下来就交给你们报社吧。今后再有文人来游周庄，便请他们在楼里歇歇腿，饮点茶，吟诗作画，多好。你们就拿这些诗画布置这小楼。"文人的想法总是理想主义的。

朋友们说我这个想法极妙。当日返回上海，联系那两位台湾同胞，把两幅心爱的小画《落日故人情》和《遍地苏堤》卖掉，得款三万五千元，马上与周庄那位文物员联系。没想到事情不顺，过了几天才有回信。原来房主听说有人想买这座迷楼，猜到此楼不是寻常之物，马上把价钱提高到十万以上。

我一听便急了，还要再卖画，吴、肖二友对我说："这房子买不成了。等你出到十万，他会再涨价。不过你也别急，你不是怕这房子拆掉吗？这一买，一不卖，反而不会拆了。"

此话有理。如此迷楼还立在周庄。

我写此文，不是说我曾经为周庄做过什么努力——我并没为周庄花一分钱的力气——真正为周庄立下不朽功勋的是阮仪三先生。但在周庄遇到的事令当时的我惊讶地看到，在经济生活的转型中，我们的精神家园竟然在不知不觉之中悄然无声地松垮了。一个看不见的时代性的文化危机深深地触动并击醒了我，使我的关注点移到这非同寻常的事情上来。由此，才有了三个月后，在宁波为了保护贺秘监祠的第一次真正的卖画捐款。

我的文化保护是以周庄为起点的。从周庄思考，从周庄行动。

巴黎的天空

大自然派到巴黎的捣蛋鬼是雨。尤其进入了秋天。如果出门时天晴日朗，为了贪图轻便而不带雨伞，那一准就会叫雨儿捉弄了。巴黎的雨是捉摸不定的。有时一天你能赶上五六次雨。有时街对面一片阳光，街这边却雨儿正紧。有时你像被谁在楼上窗口浇花时不小心将一片水点洒在背上，抬头一看原来是雨，一小块巴掌大小的云带来的最小的、最短暂的、唯巴黎才有的"阵雨"。巴黎很少大雨瓢泼，很少江河倒灌，也很少阴雨连绵。它的雨，更像是一种玩笑，一种调皮，一种心血来潮。

它不过是一阵阵地将花儿浇鲜浇艳，叫树木散出混着雨味的青叶的气息，把大街上跑来跑去的汽车小小地冲洗一下。再逼迫人们把随身携带的各种颜色和各种图案的雨伞圆圆地撑开。城市的景观为之一变。这雨原来又是一种情调。

然而，雨儿停住，收了伞，举首看看云彩走了没有。这时，有悟性的人一定会发现，巴黎一幅最大的图画在天空。

这图画的画面湛蓝湛蓝，白云和乌云是两种基本颜料。画家是风，它信马由缰地在天上涂抹。所以，擅长描绘天空的法国画家欧仁·布丹的一幅画，题目是《10月8日·中午·西北风》。

巴黎的白云和乌云来自大西洋。大海的风从西边把这些云彩携来，随心所欲地布满天空。风的性情瞬息万变，忽刚忽柔，忽缓忽疾，天上的云便是它变幻无穷的图像。大自然的景观一半是静的，一半是动的。宁静的是大地，永动的是天空。当十九世纪后半期，法国画家们的工作从画室搬到田野后，天空便给画家以浩瀚和无穷的想象。在大西洋沿岸那座著名的古城翁弗勒尔，我参观前边所说的那位名叫布丹的美术馆时，看到了他大量的描绘天空的速写。在大自然中，只有天空纯属自然，最富于灵性。于是，大自然的本质被他表现出来了，这便是生命的创造和创造生命。在布丹之前，谁能证明天空是一个巨大的创造力无穷的生命？一个被布丹称作"美丽的、透明的、充满大气"的生命？所以，库尔贝、波德莱尔都对这位画友画天空的才华推崇备至。巴比松画家柯罗甚至称他为"天空之王"。

在荷兰的阿姆斯特丹，我去看梵·高美术馆，研究他从荷兰到法国前后画风的变化。我发现他最初到巴黎开始他的艺术生涯时期的一幅作品，便是用一大半篇幅去表现动荡而激情的云天。任何艺术家都会首先注意不同的事物。"不同"往往正是事物的本质。那么巴黎奇异的天空自然会吸引住这位敏感的艺术家的心灵。而且这种吸引力一直抵达梵·高一生的终结处——巴黎郊外的奥维尔。看看梵·高在奥维尔画的最后一批作品，天空被他表现得更富于动感、更深入、更动人，并成为他不安的内心的征象。

可是，我想，为什么我们中国人的绘画从来不画天空、不画光线？即使画云，也是山间的云雾，或是为了陪衬天上的神仙与飞行的龙，从来不画天空上的云。清代末期上海画家吴石仙擅长画雨景，但他不画乌云，他只是用水墨把天空平涂一片深灰色，来表示阴云密布。也许中国文人的山水画，多为书斋内的精神制品——不是自然的风景，而是主观或内心的山水意境。即使是"师造化"的石涛，也只是"搜尽奇峰打草稿"而已。故此，中国的山水多为"季节性"，缺乏"时间性"。不管现代山水画如何发展，至今没有一个中国画家画天上的云彩。难道天空在中国画中永远是一块"空白"？

现在我们回到巴黎中来——

天空莫测的风云，不仅给巴黎带来多变的阴晴，还演变出晦明不已的光线。雨儿忽来忽去，阳光忽明忽灭。在巴黎，面对一座美丽和典雅的建筑举起相机，不时会有乌云飞来，遮暗了景色，拍照不成。可是如果有耐心，等不多时，太阳从云彩的缝隙中一露头，景色反而会加倍地灿烂夺目！

阳光与云彩的配合，常常使这座城市出现奇迹。

我闲时便从居住的那条小街走出来，在塞纳河边走一走，看看丰沛而湍急的河水、行人、船只，以及两岸的风光。尽管那些古老的建筑永远是老样子，但在不同的光线里，画面会时时变得大大不同。一次，由于天上一块巨大的云彩的移动，我看到了一个奇观。先是整条塞纳河被阴影覆盖，然后远处——亚历山大三世桥那边云彩挪开了，阳光射下去，河里的水与桥上镀金的雕像闪耀出夺目的光芒。跟着，随着云彩往我这边移动，阳光一路照射过来。云行的速度真不慢，眼看着塞纳河上的一座座桥亮了起来，河水由远到近地亮起来，同时两岸的建筑也一座座放出光彩。这感觉好像天空有一盏巨大无比的灯由西向东移动。当阳光照在我的肩头和手臂上，整条塞纳河已经像一条宽阔的金灿灿的带子了。然后，云彩与阳光越过我的头顶，向东而去。最后乌云堆积在河的东端。从云端射下的一道强烈的光正好投照在巴黎圣母院上。在接近黑色的峥嵘的云天的映衬下，古老的圣母院显得极白，白得异样与圣洁。

不知为什么，在这一瞬，竟然唤起我对圣母院一种极强烈的历史感受。我甚至感觉加西莫多、爱斯梅拉达和克罗德现在就在圣母院里。

可是就在我发痴发呆的时候，眼前的景象忽变，云彩重新遮住太阳。一盏巨灯灭了。圣母院顿时变得一片昏暗，好似蒙上重重的历史的迷雾。忽然，我觉得几个挺凉的水滴落在我的手背上，我抬起头来，一块半圆形的雨云正在我头顶的上空徘徊。

古希腊的石头

　　每到一个新地方，首先要去当地的博物馆。只要在那里边待上半天或一天，很快就会与这个地方"神交"上了。故此，在到达雅典的第二天一早，我便一头扎进举世闻名的希腊国家考古博物馆。

　　我在那些欧洲史上最伟大的雕像中间走来走去，只觉得我的眼睛被那个比传说还神奇的英雄时代所特有的光芒照得发亮。同时，我还发现所有雕像的眼睛都睁得很大，眉清目朗，比我的眼睛更亮！我们好像互相瞪着眼，彼此相望。尤其是来自克里特岛那些壁画上人物的眼睛，简直像打开的灯！直叫我看得神采焕发！在艺术史上，阳刚时代艺术中人物的眼睛，总是炯炯有神；阴暗时期艺术中人物的眼睛，多半暧昧不明。

　　我承认，希腊人的文化很对我的胃口。我喜欢他们这些刻在石头上的历史与艺术。由于石头上的文化保留得最久，所以无论是希腊人，还是埃及人、玛雅人、巴比伦人以及我们中国人，在初始时期，都把文化刻在坚硬的石头上。这些深深刻进石头里的文字与图像，顽强又坚韧地表达着人类对生命永恒的追求，以及把自己的一切传之后世的渴望。

　　然而，永恒是达不到的。永恒只是很长很长的时间而已。古希腊人已经在这时间旅程中走了三四千年。证实这三四千年的仍然是这些文化的石头。可是如今我们看到了，石头并非坚不可摧。世界上没有任何东西可以把人带到永远。在岁月的翻滚中，古希腊人的石头已经满是裂痕与缺口，有的只剩下一些残块和断片。

在博物馆的一个展厅，我看到一截石雕的男子的左臂。虽然只是这么一段残臂，却依然紧握拳头，昂然地向上弯曲着，皮肤下面的血管鼓胀，脉搏在这石臂中有力地跳动。我们无法看见这手臂连接着的雄伟的身躯，但完全可以想见这位男子英雄般的形象。一件古物背后是一片广阔的历史风景。历史并不因为它的残缺而缺少什么。残缺，却表现着它的经历，它的命运，它的年龄，还有一种岁月感。岁月感就是时间感。当事物在无形的时间历史中穿过，它便被一点点地消损与改造，并因而变得古旧、龟裂、剥落与含混，同时也就沉静、苍劲、深厚、斑驳和朦胧起来。

于是一种美出现了。

这便是古物的历史美。历史美是时间创造的。所以它又是一种时间美。我们通常是看不见时间的。但如果你留意，便会发现时间原来就停留在所有古老的事物上。比如那深幽的树洞，凹陷的老街，泛黄的旧书，磨光的椅子，手背上布满的沟样的皱纹，还有晶莹而飘逸的银发……它们不是全都带着岁月和时间深情的美感吗？

这也是一种文化美。因为古老的文化都具有悠远的时间的意味。

时间在每一件古物的体内全留下了美丽的生命的年轮，不信你掰开看一看！

凡是懂得这一层美感的，就绝不会去将古物翻新，甚至做更愚蠢的事——复原。

　　站在雅典卫城上，我发现对面远远的一座绿色的小山顶上，爽眼地竖立着一座白色的石碑。碑上隐隐约约坐着一两尊雕像。我用力盯着看，竟然很像是佛像！我一直对古希腊与东方之间雕塑史上那段奇缘抱有兴趣。便兴冲冲走下卫城，跟着爬上了对面那座名叫阿雷奥斯·帕果斯的草木葱茏的小山。

　　山顶的石碑是一座高大的雕着神像的纪念碑。由于历时久远，一半已然缺失。石碑上层的三尊神像，只剩下两尊，都已经失去了头颅，可是他们依然气宇轩昂地坐在深凹的洞窟里。这时，使我惊讶的是，它竟比我刚才在几公里之外看到的更像是两尊佛像。无论是它的窟形，还是从座椅垂落下来的衣裙，乃至雕刻的衣纹，都与敦煌和云冈中那些北魏与西魏的佛像酷似！如果我们将两个佛头安装上去，也会十分和谐的！于是，它叫我神驰万里，一下子感到世纪前丝绸之路上那段早已逝去的令人神往的历史——从亚历山大东征到希腊人在犍陀罗为原本没有偶像崇拜的印度人雕刻佛像，再到佛教东渐与中国化的历史——陡然地掉转过头，五彩缤纷地扑面而来。

　　原来时间隧道就在希腊人的石头中间！在这隧道里，我似乎已经触摸到消失了数千年的那一段时光了。这时光的触觉，光滑、柔软、流动，还有一些神秘的凹凸的历史轮廓。我静静坐在山顶一块山石上，默默享受着这种奇异和美妙的感受，直到夕阳把整个石碑染得金红，仿佛一块烧透了的熔岩。

　　由此，我找到了逼真地进入希腊历史的秘密。

　　我便到处去寻访古老的文化的石头，从那一片片石头的遗址中找到时光隧道的入口，钻进去。

　　然而，我发现希腊到处全是这种石头。希腊人说他们最得意的三样东西就是：阳光、海水和石头。从德尔菲的太阳神庙到苏纽的海神庙，从埃皮达洛夫洛斯的露天剧场到迈锡尼的损毁的城堡，它们简直全是巨大的石头的世界。可是这些石头早已经老了。它们残缺和发黑，成片地散布在宽展的山坡或起伏的丘陵上。数千年前，它们曾是堆满财富的王城、聆听神谕的圣坛或人间英雄们竞技的场所。但历史总是喜新厌旧的。被时光筛子筛下来只有这些破碎的屋宇、残垣断壁、断碑，兀自竖立的石柱，东一个西一个的柱头或柱础。

　　尽管无情的历史遗弃它，有心的希腊人却无比珍惜它。他们保护这些遗址的方式在我们看来十分奇特。他们绝不去动一动历史遁去之后的"现场"。一根石柱在一千年前倒在哪里，今天绝不去把它扶立起来。因为这是历史的本来面目。尊重历史就是不更改历史。当然他们又不是对这些先人的创造不理不管。常常会有一些"文物医生"拿着针管来，为一些正在开裂的石头注射加固剂，或者定期清洗现代工业造成的酸雨给这些石头带来的污迹。他们做得小心翼翼，好像这些石头在他们手中依然是活着的需要呵护的生命。

　　他们使我们认识到，每一块看似冰冷的古老的石头，其实并没有死亡，它们犹然带着昔时的气息。它们各自不同的形态都是历史的表情，石头上的残痕则是它们命运的印记与年龄的刻度。认识到这些，便会感到我们已身在历史中间。如果你从中发现到一个非同寻常的细节，那就极有可能是神奇的时间隧道的洞口了。

　　迈锡尼遗址给人的感受真是一种震撼。这座三千多年前用巨石砌成的城堡，如今已是坍塌在山野上的一片废墟。被时光磨砺得分外粗糙的巨大的石块与齐腰的荒草混在一起。然而，正是这种历史的原生态，才确切地保留着它最后毁灭于战火时惊人的景象。如果细心察看，仍然可以从中清晰地找到古堡的布局、不同功能的房舍与纵横的甬道。1876年德国天才的考古学家谢里曼就是从这里找到了一个时光隧道的入口，从隧道里搬出了伟大的荷马说过的那些黄金财宝和精美绝伦的"迈锡尼文化"——他实际是活灵活现地搬出来古希腊一段早已泯灭了的历史。谢里曼说，在发掘出这些震惊世界的迈锡尼宝藏的当夜，他在这荒凉的遗址上点起篝火。他说这是二千二百四十四年以来的第一次火光。这使他想起当年阿伽门农王夜里回到迈锡尼时，王后克莉登奈斯特拉和她的情夫伊吉吐斯战战兢兢看到的火光。这跳动的火光照亮了一对狂恋中的情人眼睛里的惊恐与杀机。

今天，入夜后如果我们在遗址点上篝火，一样可以看到古希腊这惊人的一幕；我们的想象还会进入那场以情杀为背景的毁灭性的内战中去。因为，迈锡尼遗址一切都是原封不动的。时光隧道还在那些石头中间。于是我想，如果把迈锡尼交给我们——我们是不是要把迈锡尼散乱的石头好好"整顿"一番，摆放得整整齐齐；再将倾毁的城墙重新砌起来；甚至突发奇想，像大声呼喊着"修复圆明园"一样，把迈锡尼复原一新。如若这样，历史的魂灵就会一下子逃离而去。

珍视历史就是保护它的原貌与原状。这是希腊人给我们的启示。

那一天，天气分外好。我们驱车去苏纽的海神庙。车子开出雅典，一路沿着爱琴海，跑了三个小时。右边的车窗上始终是一片纯蓝，像是电视屏幕的蓝屏。

海神庙真像在天涯海角。它高踞在一块伸向海里的险峻的断崖上。看似三面环海，视野非常开阔。这视野就是海神的视野。而希腊的海神波塞冬就同中国人的海神妈祖一样，护佑着渔舟与商船的平安。但不同的是，波塞冬还有一个使命是要庇护战船。因为波斯人与希腊人在海上的争雄，一直贯穿着这个英雄国度的全部历史。

可是，这座世纪前的古庙，现今只有石头的庙基和两三排光秃秃的多里克石柱了。石柱上深深的沟槽快要被时光磨平。还有一些断柱和建筑构件的碎块，分散在这崖顶的平台上，依旧是没人把它们"规范"起来。没有一个希腊人敢于胆大包天地修改历史。这些质地较软的大理石残件，经受着两千多年的阵阵海风吹来吹去，正在一点点变短变小，有几块竟然差不多要湮没在地面中了；一些石头表面还像流质一样起伏。这是海风在上边不停地翻卷的结果。可就是这样一种景象，使得分外强烈的历史感一下子把我包围起来。

纯蓝的爱琴海浩无际涯，海上没有一只船，天上没有鹰鸟，也没有飞机。无风的世界了无声息。只有明媚的阳光照耀着古希腊这些苍老而洁白的石头。天地间，也只有这些石头能够解释此地非凡的过去。甚至叫我们想起爱琴海的名字来源于爱琴王——那个悲痛欲绝的故事。爱琴王没有等到出征的王子乘着白色的帆船回来，他绝望地跳进了大海。这大海是不是在那一瞬变成这样深浓而清冷的蓝色？爱琴王如今还在海底吗？他到底身在哪里？在远处那一片闪着波光的"酒绿色的海心"吗？

等我走下断崖时，忽然发现一间专门为游客服务的商店。它故意盖在侧下方的隐蔽处。在海神庙所在的崖顶的任何地方，都是绝对看不见这家商店的。当然，这是希腊人刻意做的。他们绝对不让我们的视野受到任何现代事物的干扰，为此，历史的空间受到了绝对与纯正的保护！

我由衷地钦佩希腊人！

希腊人告诉我们，保护古代文明遗产，需要的是对历史的深刻理解与崇拜、科学的方法、优雅的美感和高尚的文化品位。因为历史文明是一种很高的意境。

创造古希腊的是历史文明，珍惜古希腊的是现代文明。而懂得怎样珍惜它，才是一种很高层次的文明。

爱犬的天堂

　　一位久居巴黎的华人，姓蔡，绰号"老巴黎"。他问我："你在巴黎也住了不少天，能说出巴黎哪几样东西多吗？"

　　我想了想，便说："巴黎有四多。第一是书店多，有时一条街能碰上两三家书店。第二是药店多，第三是眼镜店多，这两种店的霓虹灯标志到处可以看到。药店的霓虹灯是个绿色的十字，眼镜店的霓虹灯是个蓝色的眼镜架。眼镜店和书店总是连在一起的：看书的人多，近视眼肯定多。至于第四，是——"我故意停顿一下，好加强我下边的话，"狗屎多！刚才我还踩了一脚！"说完我笑起来，很得意于自己对巴黎的"发现"。

　　"老巴黎"蔡先生说："你们写文章的人观察力还真不赖。这四样说得都对。只是最后一样……看来你很反感。这说明你对巴黎人还不大了解。好，这么办吧，我介绍你去个地方看看。这地方叫作阿斯尼埃尔。"

　　待我去到那里一看，阿斯尼埃尔原来是一座公墓。再一问，竟是一座狗公墓！它最早是在塞纳河的一个小岛上，后来这岛的一边的河道被填平，它便成了岸边的一块狭长的阔地，长满了花草树木，在这中间耸立着一排排墓碑。不过它比起人的墓碑要小上一号，最高不过一米。在每一块小巧而精致的墓碑下，都埋葬着一个曾经活过的人间宠物。

狗公墓也和人的墓地一样宁静。静得像教堂，肃穆而安详。坟墓的样式很少重复，有的是古典式样，有的很有现代味，有的是自然主义的做法，用石头砌一座狗儿生前居住的那种小屋。墓碑上边刻着狗的名字，生卒年月，铭文，甚至还记载着墓中的狗一生不凡的业绩。比如一个墓碑上说"墓主人"曾经得过"七个冠军"。还有一个墓碑上写着"这只狗救活了四十个人，但它却被第四十一个人杀死了"。虽然我们不知道这只狗的故事，却叫我们感受到一个英雄的悲剧，让我们觉得这狗的墓地绝非只是埋葬一些宠物那么简单。

不少坟墓还有精美的雕像，或是天使，或是盛开的花朵，或是"墓主人"的形象。有的是一个可爱的头，有的是奔跑时的英姿。远看很像一座狗的雕塑博物馆。它与人的墓地的不同，便是每个墓碑前都修了一个方方正正的大理石的台子，大理石的颜色不同，有黑色的，白色的，也有绛红色的；上边放了各式各样陶瓷的小狗、小猫、小车、小家具、小娃娃、小罐头、小枕头等，这是狗的主人们来扫墓时摆上去的。人们对待这些可怜的狗，就像对待自己早夭的孩子一样，以此留下他们深挚的怀念。

细细地看，就会看出每件陶瓷小品都是精心挑选的，都很精致和可爱。有的墓前摆了很多，多达十几种，但都摆放得错落有致，像一个个陈设着艺术品的美丽的小桌。这之间，有时还有彩绘的瓷盘和瓷片，印着一帧墓中小狗的照片，或者生前与它主人的合影。可是，往日的欢乐现在都埋葬在这沉默大地的下边了。

　　刚走进阿斯尼埃尔时，我看到一个胖胖的老年妇女由一个男孩子陪同走出来。一老一少的眼睛和鼻子都通红。显然他们刚刚扫完墓正要离去，神情带着十分的伤痛。后来在墓地里，我还看到一对来扫墓的年轻的夫妻。女子抱着一大束艳丽的鲜花，男子提着两大塑料袋的供品。一望即知他们与死去的爱犬深如大海般的情谊。他们先把大理石台子上的摆饰挪开，用毛刷和抹布打扫和清洗干净，然后从包里把新买来的陶瓷一件件拿出来重新布置，细心摆好，再用鲜花把这些衬托起来。那男子蹲在那里，一手扶着墓碑；那女子则站在他身边，双手抱在胸前，默然而立，似在祈祷，垂下来的长裙一动不动，静穆中分明有一种很深切的哀伤。我看到墓碑上他们爱犬去世的时间为1995年。一只小狗死去五年，他们依旧悲痛如初。人与狗的情谊原来也可以同人与人一样深刻么？

　　旁观别人的痛苦是不礼貌的，故而我走开了，与妻子去看墓碑上的碑文。我爱读碑文，碑文往往是人用一生写的，或是写人一生的。碑文更多是哲理。然而这狗墓地的碑文却一律是情感的宣泄，是人对狗单方面的倾诉。比如：

　　"自从你离开我，我没有一天眼睛里没有泪水。"

　　"你曾经把我从孤独中救了出来，现在我怎么救你？"

　　"咱们的家依然有你的位置，尽管你自己躺在这里。"

　　"回来吧，我的朋友，哪怕只是一天！"

　　在一棵老树下，有一座黑色的墓碑，上边写着被埋葬者的生卒时间为1914—1929。这只狗的主人署名为L.A。他写道：

　　"想到我曾经打过你，我更加痛苦！"

　　看到这句话，我被感动了，并由此知道狗在巴黎人生活中深层的位置。狗绝对不是他们看家护院的打手，不是玩物，也不是我前边说过的——宠物，而是人们不可缺少的心灵的伙伴。

在狗与人互为伙伴的巴黎生活中，天天会演出多少美好的故事来？

那么，这里埋着巴黎人的什么呢？是破碎的心灵还是残缺的人生？

阿斯尼埃尔的长眠者，不只有狗，还有猫、鸡、鸟、马。据说很早的时候还埋葬过一只大象。埋葬的意义便是纪念。对于巴黎人来说，这种纪念伙伴的方式由来已久。这墓地实际上是巴黎的古老的墓地之一，其历史至少一百五十年以上。现在墓地里还有一些百年老墓。狗的墓地与人的墓地最大的不同，是人有家族的血缘，可以代代相传，香火不断，坟墓可以不断地重修；但人与狗的缘分只是一生一世，很难延续到下一代。故此，阿斯尼埃尔所有的古墓都是坍塌一片，但这些倾圮的古墓仍是一片人间遗落而不灭的情感。

扫墓的人，常常会把狗爱吃的食物带来。这便招来城市中一些迷失的猫，来到这里觅食。当地政府便在墓地的一角为这些无家可归的猫盖了一间房子。动物保护组织派来了一些人，在屋子里放了许多小木屋、木桶、草篮，铺上松软的被褥，供给猫儿们睡觉。每天还有人来送猫食。这些猫便有吃有喝，不怕风雨。它们个个都肥肥胖胖，皮毛油亮。阿斯尼埃尔成了它们的乐园和天堂。

由于这墓地也埋葬猫，也有猫的墓碑和猫的雕塑。有时墓碑上端趴着一只白猫。你过去逗它，它不动，原来是一个石雕。有时以为是雕像，你站过去想与它合影留念，它却忽然跳下来跑了。

这情景有些奇幻。世上哪里还有这种美妙的幻境？

　　回到我们的驻地，我给那位"巴黎通"蔡先生打个电话。他问我感受如何，我说："我现在对街上的狗屎有些宽容了。"

　　他说："那好。宽容了狗屎，你会对巴黎的印象更好一些。"

公德

在汉堡定居的一个中国人，给我讲了他的一次亲身感受——他刚到汉堡时，随着几个德国青年朋友驾车到郊外游玩。他在车里吃香蕉，看车窗外没人，顺手把香蕉皮扔出去。驾车的德国青年马上"吱"地来个急刹车，下去拾起香蕉皮塞到一个废纸兜里，放进车中，对他说："这样别人会滑倒的。"这件事给他印象极深，从此再不敢随便乱丢废物。

在欧美国家的快餐店里，有个不成文的规矩，吃完东西要把用过的纸盘纸杯吸管扔进店内设置的大塑料箱内，以保持环境的整洁。为了使别人舒适，不妨碍影响别人，这叫公德。

在美国碰到过两件小事，我却记得非常深。一次是在华盛顿艺术博物馆前的阔地上，一个穿大衣的男人猫腰在地上拾废纸。当风吹起一块废纸时，他就像捉蝴蝶一样跟着跑，抓住后放在垃圾桶内，直到把地上的乱纸拾净，拍拍手上的土，走了。这人是谁，不知道。大概他看不惯这些废纸满地，就这样做了。

另一次在芝加哥的音乐厅。休息室的一角是可以抽烟的，摆着几个脸盆大小坐地的烟缸，里面全是银色的细沙，为了不叫里边的烟灰显出来难看。但大烟缸里没有一个烟蒂。柔和的银沙很柔美。

我用手一拂，几个烟蒂被指尖勾起来。原来人们都把烟蒂埋在下面，为了怕看上去杂乱。值得深思的是，没有一个人不这样做。

有人说，美国人的文化很浅，但教育很好。我十分赞同这见解。教育好，可以使文化浅的国家人很文明；教育不好，却能使文化古老国家的人文明程度很低，素质很差。教育中的"德"，一个重要的成分是公德。公德的根本是重视他人的存在。

我坐在布鲁塞尔一家旅店的大厅内等候一个朋友。我点着烟，看到对面一个人面前放个烟碟，就伸手拉过来。不一会儿那人站起身伸长胳膊往我面前的烟碟里磕烟灰，我才知道他也正在抽烟，赶紧把烟碟推过去。他很高兴，马上谢谢我，并和我极有好感地谈起天来。我想，当我把烟碟拉过来时，他为什么不粗声粗气地说："哎，你没看见我正在抽烟！"

美好的环境培养着人们的公德，比如清洁的新加坡，有随地吐痰恶习的人也不会张口把一口黏痰唾在光洁如洗的地面上。相反，混乱肮脏的环境败坏人们的公德，比如纽约地铁，墙壁和车厢内外到处胡涂乱抹，污秽不堪，人们的烟头乱纸也就随手抛了。

好的招致好的，坏的传染坏的，善的感染善的，恶的刺激恶的，世上万事皆同此理。

小动物

人类最早和所有动物混在一起生活，一同享受着大自然的赐予：阳光、风、水和果子。当然也互相残害为食。动物间相互为食者，称作天敌，比如猫与鼠。人类就曾以捕杀动物为主。但自从人类脱离茹毛饮血进入文明阶段，与动物的关系发生了变化，许许多多曾受人类伤害的动物，进入了诗、画与童话，成为亲切可爱的形象，构成和谐美好的生存境界，抚慰人的心灵。

使我惊讶的是，在海外，这些小动物不用到郊外的风景区寻找，大城市中心也常常见到它们。阿姆斯特丹最繁华的沿河街道上空盘旋着雪白的海鸥，我曾用照相机摄下一个镜头——一个金发女郎骑车到桥头，忽然停下来打背包掏出一把碎面包，一扬手，就有许多海鸥"扑棱棱"疾降下来，争啄她手心的面包渣。她好高兴，好像在体味着这些海鸥与她亲昵的情感。手里的面包渣没了，再向包里掏，直把包儿掏空，便和海鸥们摆摆手，骑车走了。

在伦敦、旧金山、布鲁塞尔、芝加哥那些高楼林立间的绿地，只要你拿些米一扬手，就有鸽子飞来，还有许多机灵的麻雀和各色小鸟混杂其间。它们都不怕人，有时会在你胳膊上站成一排，甚至踩在你的头顶、肩头或耳朵。这原因很简单：没人捉它们，吃它们，在西方没有"炸麻雀"下酒。你不曾伤害它，它对你便无警惕。害怕都是由于损害所致。无论是人与动物，还是人与人。

这些生活在城市中的小动物，我最喜欢的是松鼠。在北美一些小城市街上走时，它们时常会从道边浓绿的树丛中钻出来，轻灵地拧动着身子，用略带惊讶的神气瞧你。直立起来时两只前爪拱在胸前，像作揖，跑起来背部向上一拱，把尾巴高高一撅，看上去好似毛茸茸流动的小波浪。一次我躺在爱荷华河边长椅子上晒太阳，睡着了，忽然觉得有人拨弄我头发，醒来一看是两只小松鼠。我口袋里正好有些花生，喂它们。它们吃东西时嘴巴扭动得很可爱。我把花生一抛，它们竟去追。我离开时，它们居然边跑边停跟了我一段路，好似送我一程。

孩子们最爱和小松鼠玩，时常可以看到小孩子们把自己的糖棒送给小松鼠吃。那次在安大略游乐场的大戏篷里看加拿大皇家芭蕾舞团演出《睡美人》时，忽然有几只松鼠在顶篷粗电线上跑来跑去追着玩。剧场里所有孩子都看松鼠，引得大人们也看。最后演员也不得不抬头看看究竟什么角色夺了他们的戏。

小松鼠机灵却冒失，有时蹿到公路上，汽车车速很快，行车时来不及刹车，就被轧死。但后面的车看见前头一只被轧死的松鼠，都错过车轱辘，不忍再轧。看到这情景会为小动物的不幸感到痛惜，同时被人们的善良所感动。

西方保护动物的组织很多。在伦敦我参观过一个"保护弃猫委员会"。谁家不愿养的猫，可以送给这组织去养。杀害动物会受这些组织的控告。人类爱护动物究竟会使自己得到什么益处？爱，首先使人们自己善良。

美国电影《人豹》中有句话："动物成为人之前，相互残杀。"
反过来说，文明的标志是避免相互伤害。

买鞋

　　人生有些大伤脑筋也有些小伤脑筋的事。我脚大，买鞋就是我小伤脑筋的事。人说我的脚在美国好买鞋，一到爱荷华果然就在一家商场买到了鞋。西班牙出品，皮面胶底，很是舒适。可是没过一周，脚跟处鞋口发紧，像老虎钳子卡着，好疼。一个留学生说："为什么不去换换。"我说："穿了好几天，底都磨了，哪成？"留学生笑着说："在美国买东西只要不合适，两个月内都能换，走，我陪你去！"我将信将疑，随他去了。

　　到商场，留学生拿着大鞋找店员谈。我在国内习惯对售货员赔笑脸，便不自觉满脸堆笑，生怕他不肯退换。谁知道这店员态度平和，不生硬也不殷勤奉迎，更没有借故找气、斗气、撒气等古怪心理，只是一副认真做事的神气。他说："请等等，我去看看还有没有这种鞋。"他去了，不一会儿回来便说："对不起，这种鞋没有了，可不可以退钱给你？"我一怔，嘴里说："好。"心里还在想这不可能。店员把鞋拿去，很快就把鞋钱如数退还给我，并向我致歉，说耽误了我的时间。好奇怪！走出商场，我问留学生："如果都这样换来换去，商店不就赔本了？"留学生解释说："商场这样做，主要为了保证信誉，说明他们卖的货都是好的。另外，他们不会有你这样的担心，因为他们认为你如果穿得合适就不会来换。不合适时，一般会扔掉，不会跑来换。美国人很注重时间，你跑一趟耽误很多时间，影响了你，已经使你很麻烦，自然就应该换了。"我以我在国内形成的观念对这做法依旧惊讶不解，并认作这只是这家商场的规矩，或不过是自己的一次幸运而已。

过不久我在一家店里冲印照片。柜台上有片子写着"二十四小时完成"。我把胶卷交给他们后，第二天准点来取，店员抱歉地说道总店取货的车子可能出了故障，请我等一等。等了半小时便取到了。店员却不收款。我问："为什么不收？"他说："已经耽误你的时间，不能再收钱。"

这时我已经不再奇怪了。在美国待了两个多月，我已经懂得了他们的观念，商店必须维护信誉，没有信誉无法得到信任，也就无法存在。还有，他们认为时间是你的，占了你的时间是侵犯你的利益，既然他们错了，更没理由向你要钱。

我要说的道理，已经包含在这个小故事中了。

巨笼

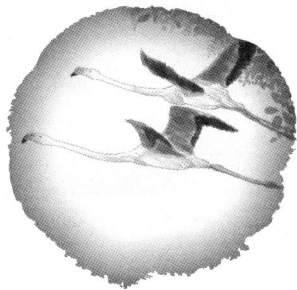

笼子多大鸟儿才快乐？

新加坡人真有想象力，他们在一个山谷上盖一张数百米见方的大铁网，里边有树有花有人造的瀑布流泉，养了上百种鸟。鸟儿可以腾空、盘旋、俯冲，从这边树丛远远飞降到那边林间。莺歌燕舞，相互应答，好不自在！游人钻进笼门，就与三千多只一百多种鸟儿在一起，似与禽鸟同乐。如果不是仰头望去，看见高高一张巨网中透现的蓝天白云，真不知还有真正的空间在网外。

这便是新加坡著名的裕廊飞禽公园。

公园的饲养员尽力把笼中一切搞得像大自然。他们把香蕉挂在树上，把菠萝蜜剥开平贴在石头上，还在横斜的树杈上钉个木盘，放了面渣米料。鸟儿有丰足的美食，不必计较香蕉为什么不是长在香蕉树上。有吃有喝，可以快活地游戏，也可放心栖息，用不着在大自然中为了生存历尽艰辛去觅食，以填塞饥腹；更无遭遇天敌或猎手伤害的危险。我笑着对一位同行者说：

"放大鸟笼并不是给鸟自由，而是使鸟更适应笼子。"

可是走出巨笼，回首看去，发现几只大鸟不知怎么跑了出来，它们并不飞去，而是站在笼顶上向下张望，其中一只白鸟拼命把头

扎进网眼，原来它们想回到笼里去。我对笼鸟的担忧真是太多余了。

　　飞禽公园还有一个奇观，便是"黑暗世界"，养的全是夜鸟。室内漆黑，一间间鸟室，可以隔着玻璃墙观赏。几只猫头鹰站在秃树上睁大一双双可怕的圆眼，射着冷峻的目光；蝙蝠迅疾无声地飞来飞去……屋顶涂黑，零零落落装上一些小电珠，一闪一闪，宛如天上寥落寒星，还有一束束青白灯光，仿佛苍凉月色，这样就使游人在大白天得以看见夜鸟们活跃时的景象。到了真正黑夜，游人散去，"黑暗世界"里就照射强光，如同白昼，夜鸟便安然睡去。因为夜鸟也要休息。我说，人真是有本事，按照自己的需要，可以颠倒白天和黑夜。但幸亏是对鸟，而不是对人，对人自然就够呛了。

送礼

　　东洋人来了，双手郑重捧上贵重一大包礼物；西洋人来了，连喊带叫，兴奋得直蹦，却不知他们会把什么微不足道的小东西送给你，所以总听人说，西洋人比东洋人小气。其实这是种误会。

　　一次一个德国人邀我去他家玩。我送给他全家每人一份厚礼，还唯恐礼薄。我在他家高高兴兴玩一天，住一夜，第二天告别前吃早餐时，他和他妻子指指我面前，柔和微笑地说："这是我们送给你的礼物。"我一看，原来是条印着当地风景的小手绢。

　　这是典型的西方礼物和送礼方式。礼物只是作为一种纪念，再也不包括其他含义。

　　西方人不重送礼。他们把请客吃饭作为上好的款待。如果请你去他家吃饭，就分外表示友好了。因为西方人不愿意随便领人到自己家。家，是自己的世界。进他家，就进入他的世界。如果再进一步，他像导游那样，带领你参观他家，还挽留你在他家住上两天，就无疑要与你交朋友了。

　　朋友间来往，礼物仅仅是助兴而已。你去他家吃饭，给男主人带一瓶酒，给女主人带一束花，就为当日聚会平添兴致。西方人送礼的高潮是圣诞之夜，亲友们互赠礼物，件件礼物都装在精美的盒子里，包装得漂漂亮亮，系上彩色缎带或别一朵纱花。但盒子里的礼物并不一定贵重，只是愈新奇愈有趣愈好。如果这礼物是你亲手制作的更好，因为此中有你的心意在。

按照他们的习惯，接受礼物，必须当面打开。他想看你见到礼物时高兴的表情，礼物就是为了叫你高兴，难道还有什么别的用意？

因此，没人以礼物的薄厚，掂量你的价值，估计你的油水，衡量你和他的关系，并以此确定对你的态度。礼物仅仅是一种"礼"，很少有"物"的含义。倘若送一本书或画册，被认作是高尚的馈赠。很少有人把家用电器一类东西当作礼物，因为这种"礼物"似乎含有恩惠意味，会使接受礼物者莫名其妙。

再说，有位东洋人来看我，先送我一大盒讲究的画笔，坐定之后才知道，他想出版我的书但不想付报酬。这礼物看上去就毫无"礼物"的味道了。

中国有句老话，叫作"礼轻心意重"，这话不错。可惜当今改为"礼重心意重"。心意二字的内涵也变了。礼物成了买路钱和敲门砖。路，乃路子也；门，乃后门也。

我与《清明上河图》的故事

　　冥冥中我感觉《清明上河图》和我有一种缘分。这大约来自初识它时给我的震撼。一个画家敢于把一个城市画下来，我想古今中外唯有这位宋人张择端。而且它无比精确和传神，庞博和深厚，他连街头上发情的驴、打盹的人和犄角旮旯的茅厕也全都收入画中！当时我二十岁出头，气盛胆大，不知天高地厚，居然发誓要把它临摹下来。

　　临摹是学习中国画笔墨技术的一种传统。我的一位老师惠孝同先生是湖社的画师，也是位书画的大藏家，私藏中不少国宝。他住在北京王府井的大甜水井胡同。我上中学时逢到假期就跑到他家临摹古画。惠老师待我情同慈父，像郭熙的《寒林图》和王诜的《渔村小雪图》这些绝世珍品，都肯拿出来，叫我临摹真迹。临摹原作与印刷品是截然不同的，原作带着画家的生命气息，印刷品却平面呆板，徒具其形——此中的道理暂且不说。然而，临摹《清明上河图》是无法面对原作的，这幅画藏在故宫，只能一次次坐火车到北京故宫博物院的绘画馆去看，常常一看就是两三天，随即带着读画时新鲜的感受跑回来伏案临摹印刷品。然而故宫博物院也不是总展出这幅画。常常是一趟趟白跑腿，乘兴而去，败兴而归。

　　我初次临摹是失败的。我自以为习画从宋人院体派入手，《清明上河图》上的山石树木和城池楼阁都是我熟悉的画法，但动手临摹才知道画中大量的民居、人物、舟车、店铺、家具、风俗杂物和生活百器的画法，在别人画里不曾见过。它既是写意，也是工笔，洗练又精准，活脱脱活灵活现，这全是张择端独自的笔法。画家的个性愈强，愈难临摹，而且张择端用的笔是秃锋，行笔时还有些"战笔"，苍劲生动，又有韵致，仿效起来十分之难。偏偏在临摹时，我选择从画中最复杂的一段——虹桥入手，以为拿下这一环节，便可包揽全卷。谁料这不足两尺的画面上竟拥挤着上百个人物。各人各态，小不及寸，手脚如同米粒。相互交错，彼此遮翳。倘若错位，哪怕差之分毫，也会乱了一片。这一切只有经过临摹，才明白其中无比的高超。于是画过了虹桥这一段，我便搁下笔，一时真有放弃的念头。

　　我被这幅画打败！

　　重新燃起临摹《清明上河图》的决心，是在"文革"期间。一是因为那时候除去政治斗争，别无他事，天天有大把的时间；二是我已做好充分准备。先自制一个玻璃台面的小桌，下置台灯。把用硫酸纸勾描下来的白描全图铺在玻璃上，上边敷绢，电灯一开，画面清晰地照在绢上，这样再对照印刷品临摹就不会错位了。至于秃笔，我琢磨出一个好办法，用火柴吹灭后的余烬烧去锋毫的虚尖，这种人造秃笔画出来的线条，竟然像历时久矣的老笔一样苍劲。同时对《清明上河图》的技法悉心揣摩，直到有了把握，才拉开阵势，再次临摹。从卷尾始，由左向右，一路下来，愈画愈顺，感觉自己的画笔随同张择端穿街入巷，游逛百店，待走出城门，自由自在地徜徉在那些人群中……看来完成这幅巨画的临摹应无问题。可是忽然出了件意外的事——

一天，我的邻居引来一位美籍华人说要看画。据说这位来访者是位作家。我当时还没有从事文学，对作家心怀神秘又景仰，遂将临摹中的《清明上河图》抻开给她看。画幅太长，画面低垂，我正想放在桌上，谁料她突然跪下来看，那种虔诚之态，如面对上帝。使我大吃一惊。像我这样的在计划经济中长大的人，根本不知市场生活的种种作秀。当她说如果她有这样一幅画，就会什么也不要。我被深深打动，以为真的遇到艺术上的知己和知音，当即说我给你画一幅吧。她听了，那表情，好似到了天堂。

艺术的动力常常是被感动。于是我放下手中画了一小半的《清明上河图》，第二天就去买绢和裁绢，用红茶兑上胶矾，一遍遍把绢染黄染旧，再在屋中架起竹竿，系上麻绳，那条五米多长的金黄的长绢，便折来折去晾在我小小房间的半空中。我由于对这幅画临摹得正是得心应手，画起来很流畅，对自己也很满意。天天白日上班，夜里临摹，直至更深夜半。嘴里嚼着馒头咸菜，却把心里的劲儿全给了这幅画。那年我三十二岁，精力充沛，一口气干下去，到了完成那日，便和妻子买了一瓶通化的红葡萄酒庆祝一番，掐指一算居然用了一年零三个月！

此间，那位美籍华人不断来信，说尽好话，尤其那句"恨不得一步就跨到中国来"，叫我依然感动，期待着尽快把画给她。但不久唐山大地震来了，我家被毁，墙倒屋塌，一家人差点被埋在里边。人爬出来后，心里犹然惦着那画。地震后的几天，我钻进废墟寻找衣服和被褥时，冒险将它挖出来。所幸的是我一直把它放在一个细长的装饼干的铁筒里，又搁在书桌抽屉最下一层，故而完好无损。这画随我一起又逃过一劫。这画与我是一般寻常关系吗？

此后，一些朋友看了这幅无比繁复的巨画，劝我不要给那位美籍华人。我执意说："答应人家了，哪能说了不算？"

待到 1978 年，那美籍华人来到中国，从我手中拿过这幅画的一瞬，我真有点舍不得。我觉得她是从我心里拿走的。她大概看出我的感受，说她一定请专业摄影师拍一套照片给我。此后，她来信说这幅画已镶在她家纽约曼哈顿第五大街客厅的墙上，还是请华盛顿一家博物馆制作的镜框呢。信中夹了几张这幅画的照片，却是用傻瓜机拍的，光线很暗，而且也不完整。

1985 年我赴美参加爱荷华国际笔会，中间抽暇去纽约，去看她，也看我的画。我的画的确堂而皇之被镶在一个巨大又讲究的镜框里，内装暗灯，柔和的光照在画中那神态各异的五百多个人物的身上。每个人物我都熟悉，好似"熟人"。虽是临摹，却觉得像是自己画的。我对她说别忘了给一套照片做纪念。但她说这幅画被固定在镜框内，无法再取下拍照了。属于她的，她全有了；属于我的，一点也没有。那时，中国的画家还不懂得画可以卖钱，无论求画与送画，全凭情意。一时我有被掠夺的感觉，而且被掠得空空荡荡。它毕竟是我年轻生命中一年零三个月换来的！

现在我手里还有小半卷未完成的《清明上河图》，在我中断这幅而去画了那幅之后，已经没有力量再继续这幅画了。我天性不喜欢重复，而临摹这幅画又是太浩大、太累人的工程。况且此时我已走上文坛，我心中的血都化为文字了。

写到这里，一定有人说，你很笨，叫人弄走这样一幅大画！

　　我想说，受骗多半缘于一种信任或感动。但是世上最美好的东西不也来自信任和感动吗？你说应该守住它，还是放弃它？

　　我写过一句话：每受过一次骗，就会感受一次自己身上人性的美好与纯真。

　　这便是《清明上河图》与我的故事。

草原深处的剪花娘子

车子驶出呼和浩特一直向南，向南，直到车前的挡风玻璃上出现一片连绵起伏、势头凶险的山影，那便是当年晋人"走西口"去往塞外的必经之地——杀虎口。不能再往南了，否则要开进山西了，于是打轮向左，从一片广袤的大草地渐渐走进低缓的丘陵地带。草原上的丘陵实际上是些隆起的草地，一些窑洞深深嵌在这草坡下边。看到这些窑洞我激动起来，我知道一些天才的剪花娘子就藏在这片荒僻的大地深处。

这里就是出名的和林格尔。几年前，一位来自和林格尔的蒙古族人跑到天津请我为他们的剪纸之乡题字时，头一次见到这里的剪纸。尤其是看到一位百岁剪纸老人张笑花的作品，即刻受到一种酣畅的审美震撼，一种率真而质朴的天性的感染。为此，我们邀请和林格尔剪纸艺术的后起之秀兼学者段建珺先生主持这里剪纸的田野普查，着手建立文化档案。昨天，在北京开会后，驾车到达呼和浩特的当晚，段建珺就来访，并把他在和林格尔草原上收集到的数千幅剪纸放在手推车上推进我的房间。

在民间的快乐总是不期而至。谁料到在这浩如烟海的剪纸里会撞上一位剪花娘子的极其神奇的作品，叫我眼睛一亮。这位剪纸娘子不是张笑花，张笑花已于去年辞世。然而老实说，她比张笑花老人的剪纸更粗犷、更简朴，更具草原气息。特别是那种强烈的生命感及其快乐的天性一下子便把我征服了。民间艺术是直观的，不需要煞费苦心地解读，它是生命之花，真率地表现着生命的情感与光鲜。我注意到，她的剪纸很少有故事性的历史内容，只在一些风俗剪纸中赋予一些寄寓，其余全是牛马羊鸡狗兔鸟鱼花树蔬果以及农家生产生活等等身边最寻常的事物。那么它们因何具有如此强大的艺术冲击力？这位不知名的剪花娘子像谜一样叫我去猜想。

再看，她的剪纸很特别，有点像欧洲十八、十九世纪盛行的剪影。这种剪影中间很少镂空，整体性强，基本上靠着轮廓来表现事物的特征，所以欧洲的剪影多是写实的。然而，这位和林格尔的剪花娘子在轮廓上并不追求写实的准确性，而是使用夸张、写意、变形、想象，使物象生动浪漫，其妙无穷。再加上极度的简约与形式感，她的剪纸反倒有一种现代意味呢。

"她每一个图样都可以印在 T 恤衫或茶具上，保准特别美！"与我同来的一位从事平面设计的艺术家说。

这位剪花娘子到底是怎样一个人，她生活在文化比较开放的县城还是常看电视，不然草原上的一位妇女怎么会有如此高超的审美与现代精神？这些想法，迫使我非要去拜访这位不可思议的剪花娘子不可。

车子走着走着，便发现这位剪花娘子竟然住在草原深处的很荒凉的一片丘陵地带。她的家在一个叫羊群沟的地方。头天下过一场雨，道路泥泞，无法进去，段建珺便把她接到挨近公路的大红城乡三慎夭子村远房的妹妹家。这家也住在窑洞里，外边一道干打垒筑成的土院墙，拱形的窑洞低矮又亲切。其实，这种窑洞与山西的窑洞大同小异。不同的是，山西的窑洞是从厚厚的黄土山壁上挖出来的，草原的窑洞则是在突起的草坡下掏出来的，自然也就没有山西的窑洞高大。可是低头往窑洞里一钻，即刻有一种安全又温馨的感觉，并置身于这块土地特有的生活中。

剪花娘子一眼看去就是位健朗的乡间老太太。瘦高的身子，大手大脚，七十多岁，名叫康枝儿，山西忻州人。她和这里许多乡村妇女一样是随夫迁往或嫁到草原上来的。她的模样一看就是山西人，脸上的皮肤却给草原上常年毫无遮拦的干燥的风吹得又硬又亮。

她一手剪纸是自小在山西时从她姥爷那里学来的。那是一种地道的晋地的乡土风格，然而经过半个世纪漫长的草原生涯，和林格尔独有的气质便不知不觉潜入她手里的剪刀中。

和林格尔地处北方游牧文化与中原农耕文化的交汇处。在大草原上，无论是匈奴鲜卑还是契丹和蒙古族，都有以雕镂金属皮革为饰的传统。当迁徙到塞外的

内地民族把纸质的剪纸带进草原，这里的浩瀚无涯的天地、马背上奔放剽悍的生活，伴随豪饮的炽烈的情感、不拘小节的爽直的集体性格，就渐渐把来自中原剪纸的灵魂置换出去。但谁想到，这数百年成就了和林格尔剪纸艺术的历史过程，竟神奇地浓缩到这位剪花娘子康枝儿的身上。

她盘腿坐在炕上。手中的剪刀是平时用来裁衣剪布的，粗大沉重，足有一尺长，看上去像铆在一起的两把杀牛刀。然而这样一件"重型武器"在她手中却变得格外灵巧。一沓裁成方块状普普通通的大红纸放在身边。她想起什么或说起什么，顺手就从身边抓起一张红纸剪起来。她剪的都是她熟悉的，或是她想象的，而熟悉的也加进自己的想象。她不用笔在纸上打稿，也不熏样。所有形象好像都在纸上或剪刀中，其实是在她心里。她边剪边聊生活的闲话，也聊她手中一点点剪出的事物。当一位同来的伙伴说自己属羊，请她剪一只羊，她笑嘻嘻打趣说："母羊呀骚胡？"眼看着一头眯着小眼的母羊就从她的大剪刀中活脱脱地"走"出来。看得出来，在剪纸过程中，她最留心的是这些剪纸生命表现在轮廓上的形态、姿态和神态。她不用剪纸中最常见的锯齿纹，不刻意也不雕琢，最多用几个"月牙儿"（月牙纹），表现眼睛呀，嘴巴呀，层次呀，好给大块的纸透透气儿。她的简练达到极致，似乎像马蒂斯那样只留住生命的躯干，不要任何枝节。于是她剪刀下的生命都是原始的、本质的，膨脝又结实，充溢着张力。横亘在内蒙古草原上数百公里的远古人的阴山岩画，都是这样表现生命的。

她边聊边剪边说笑话，不多时候，剪出的各种形象已经放满她的周围。这时，一个很怪异的形象在她的笨重的剪刀中出现了。拿过一看，竟是一只大鸟，瞪着双眼向前飞，中间很大一个头，却没有身子和翅膀，只有几根粗大又柔软的羽毛有力地扇着空气，诡谲又生动，好似一个强大的生命或神灵从远古飞到今天。我问她为什么剪出这样一只鸟。她却反问我："还能咋样？"

于是她心中特有的生命精神和美感，叫我感觉到了。她没有像我们都市中的大艺术家们搜索枯肠去变形变态，刻意制造出各种怪头怪脸设法"惊世骇俗"。她的艺术生命是天生的、自然的、本质的，也是不可思议的。这生命的神奇来自她的天性。她们不想在市场上创造价格奇迹，更不懂得利用媒体，千古以来，一直都是把这些随手又随心剪出的活脱脱的形象贴在炕边的墙壁或窑洞的墙上，自娱或娱人。没有市场霸权制约的艺术才是真正自由的艺术。这不就是民间艺术的魅力吗？她们不就是真正的艺术天才吗？

然而，这些天才散布并埋没在大地山川之间。就像契诃夫在《草原》所写的那些无名的野草野花。它们天天创造着生命的奇迹和无尽的美，却不为人知，一代一代，默默地生长、开放与消亡。那么，到了农耕文明在历史大舞台的演出接近尾声时，我们只是等待着大幕垂落吗？在我们对她们一无所知时就忘却她们？

我的车子渐渐离开这草原深处，离开这些真正默默无闻的人间天才，我心里的决定却愈来愈坚决：为这草原上的剪花娘子康枝儿印一本画册，让更多人看到她、知道她。一定！

大雪入绛州

在禹州考察完钧瓷古窑出来，雪花纷纷扬扬，扑面而来。这雪花又大又密，打在脸上有种颗粒感。按计划要取道郑州和洛阳而西，经三门峡逾黄河北上，去新绛考察那里的年画。现今全国的十七个主要的年画产地中，就剩下晋南新绛一带的年画普查还没有启动。晋南年画历史甚久，现存最早的年画就出自北宋时代晋南的平阳（临汾）。这一带很多地方都产年画。除去临汾，新绛和襄汾也是主要的产地。二十世纪八十年代末我在京津一带的古玩市场曾买到过一些新绛的古画版。历史最久的一块画版《和合二仙》应是明代的。这表明新绛的年画遗存在二十年前就开始流失了。它原有的历史规模究竟如何、目前状况怎样、有无活态的存在，心中毫无底数。是不是早叫古董贩子折腾一空了？

车子行到豫西，没想到雪这么大，还在河南境内就遇到严重的塞车。大量的重型载重卡车夹裹着各色小车像漫无尽头的长龙，一动不动地趴在公路上。所有车顶都蒙着厚厚的白雪，至少堵了一天了吧。我们想出各种办法打算绕过这一带的塞车，但所有的国道和小路也全都堵得死死的。在大雪里我们不懈地奋斗到天黑，又冷又饿，直到把所有希望都变成绝望，才不得已滞留在新安县一家旅店中。不知何故，这家旅店夜间不供暖气，在冰冷的被窝里我给同来的助手发了一个短信："我有点顶不住了，再找机会去绛州吧！"然而，清晨起来新绛那边派人过来，居然还弄来一辆公路警车，说山西那边过来的路还通，要我跟他们抢着道儿去山西。盛情难却，只好顶着风雪也顶着迎面飞驰而来的车辆，逆行北上，车子行了五个小时总算到了新绛。

用餐时，当地主人要我先不去看年画，先去看光村。光村的大名早就听到过。还知道北齐时这村子忽生异光，因名光村。主人说，你只要去了就不会后悔，村里到处扔着极精美的石雕，还有一座宋代的小庙福胜寺，里边的泥彩塑是宋金时代的呢。我明白，他们想叫我们看看光村有没有保护价值，怎么保护和开发。而今年春天我们就要启动全国古村落的普查，听说有这样好的村落，自然急不可待要去，完全忘了脚底板已经快冻成"冰板"了。

雪里的光村有种奇异的美。但我想，如果没有雪，它一定像废墟一样破败不堪。然而此刻，洁白的雪像一张巨毯把遍地的瓦砾全遮盖起来，连残垣断壁也镶了一圈白绒绒的雪，只有砖雕、木拱和雀替从雪中露出它们历尽沧桑而依然典雅又苍劲的面孔。令我惊讶的是，千形百态精美的石雕柱础随处可见。还有不少石础被雪盖着，看不见它们的真容，却能看见它们一个个白皑皑、神秘而优美的形态。它们原是各类大型建筑坚实又华贵的足，现在那些建筑不翼而飞，只剩下这些石础丢了满地。光村原有几户颇具规模的宅院，从残余的一些楼宇中可见其昔日的繁华并不逊色于晋中那些大院。但如今损毁大半，而且毫无保护措施。连村中那座被列为国家文物保护单位的福胜寺中的宋金泥塑，也只是用塑料遮挡起来罢了。我心里有些发急，抢救和保护都是迫在眉睫了。根据光村的现状，我建议他们学习晋中王家大院和常家庄园在修复时所采用的将散落的古民居集中保护的"民居博物馆"的方式。但这需要请相关专家进一步论证，当务之急是不让古董贩子再来"淘宝"了。因为刚刚从村民口中得知最近还有一些石雕的柱础与门狮被贩子买去了。近二十年来，那些懂得建筑文化的建筑师们大多在城里为开发商设计新楼，经常关心这些古建筑艺术的却是不辞劳苦和络绎不绝的古董贩子们，这些古村落不毁才怪呢。

从光村回到新绛县城后，这里的鼓乐团的团长听说我来新绛，特意在一座学校的礼堂演一场"绛州鼓乐"给我们看。绛州鼓乐我心仪已久。开场的"杨门女将"就叫我热血沸腾，十几位杨氏女杰执槌击鼓，震天动地，一瞬间把没有暖气的礼堂中的凛冽寒气驱得四散。跟下来每一场演出都叫人不住喊好。演出的青年人有的是当地的专业演员，有的是艺校学员。应该说这里鼓乐的保护与弘扬做得相当有眼光也有办法。他们一边把这一遗产引入学校教育，从娃娃开始，这就使"传承"落到实处；另一边将鼓乐投入市场，这也是促使它活下来的一种重要方式。目前这个鼓乐团已经在市场立住脚跟，并且远涉重洋，到不少国家一展风采。演出后我约鼓乐团的团长聊一聊。团长是位行家，懂得保护好历史文化的原汁原味，又善于市场操作。倘若没有这样一位行家，绛州古乐会成什么样？由此联想到光村，光村要是有这样一位古建方面的行家会多好啊！

相比之下，新绛的年画也是问题多多。

转天一早，当地的文化部门将他们保存的新绛年画的古版与老画摆满一间很大的屋子。单是古版就有近两百块。先前，新绛的年画见过一些，但总觉得它是古平阳年画的一个分支，比较零散。这次所见令我吃惊。不单门神、戏曲、风俗、婴戏、美人、传说等各类题材，以及贡笺、条幅、横批、灯画、桌裙、墙纸、拂尘纸、对子纸等各种体裁应有尽有，至于套版、手绘、半印半绘等各类制作手法也一应俱全。其中一种门神是《三国演义》中的赵云，怀里露出一个孩童——阿斗光溜溜的小脑袋，显然这门神具有保护儿童的含意。还有一块《五老观太极》的线版，先前不曾所见，应是时代久远之作。特别是十几幅美人图，尺寸很大，所绘人物典雅端庄、衣饰华美，线条流畅又精致，与杨柳青年画的"美人"有着鲜明的地域差异，富于晋商辉煌年代的华贵气质和中原文明的庄重之感。看画时，当地负责人还请来两位当地的年画老艺人做讲解。经与他们一聊，两位艺人都是地道的传人。所谈内容全是"口头记忆"，分明是十分有价值的年画财富，对其普查——尤其是口述史调查需要尽快来做了。只有把新绛年画普查清楚，才能彻底理清晋南年画这宗重要的文化遗产。可是谁来做呢？当地没有专门从事年画研究的学者，没有绛州古乐团的团长那样的人物，正为此，至今它还是像遗珠一般散落在大地上。这也是很多地方文化遗产至今尚未摸清和整理出来的真正缘故。而一些宝贵的文化遗产在无人问津之时就已经消失了。

　　雪下得愈来愈大，高速公路已经封了。原计划下一站去介休考察清明文化已经无法成行。在回程的列车上，我的心里真是五味杂陈。三晋大地文化遗存之深厚之灿烂令我惊叹，但这些遗存遍地飘零并急速消失又令人痛惜与焦急。几年来我们几乎天天为一问题而焦虑：从哪里去找那么多救援者和志愿者？到底是我们的文化太多了，专家太少了，还是专家中的志愿者太少了？

我望窗外，外边的原野严严实实而无声地覆盖着一片冰雪。

图书在版编目（CIP）数据

珍珠鸟 / 冯骥才著；黄长飞导读. -- 武汉：长江
文艺出版社, 2022.9
　（暖心美读书：名师导读彩插版）
　ISBN 978-7-5702-2686-3

　Ⅰ. ①珍… Ⅱ. ①冯… ②黄… Ⅲ. ①散文集－中国
－当代 Ⅳ. ①I267

中国版本图书馆 CIP 数据核字 (2022) 第 069665 号

珍珠鸟

ZHENZHUNIAO

责任编辑：雷　蕾　付玉佩　　　　　　责任校对：毛季慧
整体设计：一壹图书　　　　　　　　　责任印制：邱　莉　胡丽平

出版：长江出版传媒　　长江文艺出版社
地址：武汉市雄楚大街 268 号　　　　邮编：430070
发行：长江文艺出版社
http://www.cjlap.com
印刷：湖北画中画印刷有限公司

开本：720 毫米×980 毫米　　1/16　　印张：10.5　　插页：4 页
版次：2022 年 9 月第 1 版　　　2022 年 9 月第 1 次印刷
字数：117 千字

定价：27.00 元